Knut Krüger
Nur mal schnell
das Mammut retten

© Heike Bogenberger

Knut Krüger ist 1966 geboren und arbeitete nach seinem Germanistik-Studium im Buchhandel und Verlagswesen. Er ist heute freier Autor, Lektor und Übersetzer für englische und skandinavische Literatur. Knut Krüger lebt mit seiner Frau und seinen drei Kindern in München.

Eva Schöffmann-Davidov hat schon als Kind alles gezeichnet, was ihr vor den Pinsel kam. Sie besuchte die Freie Kunstwerkstatt in München und studierte Grafik-Design in Augsburg. Bis heute illustriert sie mit großem Erfolg zahlreiche Bestseller, vorwiegend für Kinder- und Jugendbuchverlage. Sie lebt mit ihrer Familie in Augsburg

Knut Krüger

NUR MAL SCHNELL DAS MAMMUT RETTEN

Mit Illustrationen von
Eva Schöffmann-Davidov

dtv

Zu diesem Band gibt es ein Unterrichtsmodell unter
www.dtv.de/lehrer zum kostenlosen Download.

Von Knut Krüger sind bei dtv außerdem lieferbar:
Nur mal schnell das Faultier wecken
Nur mal schnell das Lama klauen
Ein Zwergmammut verschenkt man nicht

FSC www.fsc.org MIX Papier | Fördert gute Waldnutzung FSC® C019821

Ungekürzte Ausgabe
7. Auflage 2025
2019 dtv Verlagsgesellschaft mbH & Co. KG
Tumblingerstraße 21, 80337 München
produktsicherheit@dtv.de

Umschlaggestaltung: Eva Schöffmann-Davidov
Gesetzt aus der Sabon
Satz: C.H.Beck.Media.Solutions, Nördlingen
Druck und Bindung: Druckerei C.H.Beck, Nördlingen
Printed in Germany · ISBN 978-3-423-71804-2

Für David,
meinen ersten Leser

SAMSTAG

WUFF

Ich will doch nur einen Hund. Ich meine, ist das so ungewöhnlich? Ich bin ein zehnjähriger Junge und wünsche mir eines dieser vierbeinigen Wuschelwesen, von denen es in Deutschland sieben Millionen Stück gibt. Sieben Millionen! Woher ich das weiß? Das steht in dem Hundebuch, das ich mir in der Schulbibliothek ausgeliehen habe. Wenn ich mich draußen so umsehe, habe ich manchmal das Gefühl, alle haben einen Hund, nur ich nicht. Und wenn ich mit dem Fahrrad zur Schule fahre, kommt aus jedem zweiten Haus ein Jaulen, Bellen oder

Knurren. Auch mein bester Freund Finn hat jetzt einen Hund, obwohl er sich nicht mal einen gewünscht hat. Plötzlich war der einfach da.

Nur meine Eltern, die wollen überhaupt nichts davon wissen, dass es in Deutschland bald sieben Millionen und einen Hund – nämlich meinen Hund – geben könnte. Aber ich gebe die Hoffnung nicht auf.

Er muss auch nicht groß sein. Vier Beine zum Laufen soll er haben, einen Schwanz zum Wedeln und eine Zunge, um mir die Hände abzulecken – ich kann gerne eine Zeichnung anfertigen, wenn das weiterhilft. Aber bei meinem Zeichentalent würde es wahrscheinlich eher wie ein Nilpferd oder ein Lama aussehen, und was soll ich mit einem Lama? Mich ständig anspucken lassen?

Meine Eltern tun so, als würde ich mir was absolut Ungewöhnliches oder wahnsinnig Gefährliches wünschen.

»Ein HUND?«, hat neulich meine Mutter mit so komisch krächzender Stimme gefragt. Ihr Gesicht war voller knittriger Sorgenfalten, als hätte ich mir ein Rudel Wölfe, ein paar Giftschlangen und ein Krokodil gewünscht.

»Ein HUND!«, hat mein Vater gesagt und lächelnd den Kopf geschüttelt, als wäre das eine lustige Idee meines kleinen Kindergehirns. Der putzige

Einfall eines Dreikäsehochs, der gar nicht weiß, was er sich da wünscht. *Grrr.*

Weiß ich aber genau. Als ich neulich zu Finn kam, ist sein Hund Pluto gleich mit fliegenden Schlappohren auf mich zugestürmt. Ich geh in die Knie, um ihn zu begrüßen, aber Pluto denkt gar nicht dran, mir höflich die Pfote zu geben, sondern springt mir direkt ins Gesicht, sodass ich hintenüberkippe. Der fiepende kleine Kerl hopst voll auf mich drauf und schnuffelt so wild an meinem Hals und schleckt an meinem Ohr, dass ich einen totalen Lachanfall kriege – das war so schön, das kann man sich gar nicht vorstellen. Irgendwann hat Finn »Ist gut jetzt, Pluto!« geschimpft und ihn von mir runtergezerrt. Dann hat er mir erzählt, dass er jeden Tag nach der Schule so begrüßt wird, das wäre nichts Besonderes. Ich glaube fast, er war ein bisschen eifersüchtig.

Seit Plutos Kuschelattacke hält dieser eine Gedanke meinen Kopf besetzt und dreht sich dort im Kreis. Für andere Gedanken ist gar kein Platz mehr, was irgendwie schön, aber auch ganz schön anstrengend ist. Ein Hund ... Pluto ... kuschel ... schnuffel... schleck ... hechel ... wuff – so geht das die ganze Zeit. Und dann stelle ich mir vor, wie mein eigener Hund vor Begeisterung völlig ausflippt, wenn ich aus der Schule komme. Jeden Tag wieder.

Wahrscheinlich haben Hunde ein schlechtes Gedächtnis, aber das ist mir egal.

Als ich an unserem Badezimmer im ersten Stock vorbeigehe, sehe ich meinen Vater vor dem Spiegel stehen. Sein halbes Gesicht ist weiß vom Rasierschaum, während er die Musik mitsummt, die aus dem kleinen Radio dudelt. Als er mich sieht, zwinkert er mir zu und fragt, ob ich ihm beim Rasieren helfen will. Ich schüttele den Kopf. Früher hab ich das manchmal gemacht und mir immer wahnsinnig Mühe gegeben, dass nicht ein einziges Barthaar übrig bleibt, aber ich finde, dass ich für solche Kinderspiele inzwischen zu alt bin.

Unten klirrt und klappert es wie wild. Die Frühstücksvorbereitungen müssen in vollem Gang sein. Ich flitze die Treppe runter, um meiner Mutter beim Tischdecken zu helfen, doch natürlich komme ich genau in dem Moment, als sie das letzte Marmeladenglas auf die karierte Decke stellt. Alle Sachen stehen dicht an dicht, als würde gleich eine ganze Fußballmannschaft zu Besuch kommen: ein Korb mit Brötchen und Croissants, Marmeladen in verschiedenen Farben, Honig und Nutella. In einer Glasschüssel drängeln sich rechteckige Melonenstücke und halbierte Erdbeeren. Die Speckscheiben neben dem dampfenden Rührei sind ziemlich verschrumpelt und das Gelbe in der Karaffe muss frisch gepresster Orangensaft sein. Sieht echt toll aus, dabei würde ein Brötchen mit Nutella für mich völlig ausreichen.

»Kommst du gleich mit zum Flughafen, Oma Scarlett abholen?«, fragt meine Mutter.

»Klar«, nuschele ich mit vollem Mund, weil ich mir im Vorbeigehen schon eine Erdbeere stibitzt habe. Alles ist irgendwie leichter und fröhlicher als sonst, und ich frage mich, woran das liegt. Vielleicht am Sonnenlicht, das durch die Lamellen der Jalousie fällt und ein gestreiftes Muster auf den Fußboden zaubert. Oder am neuen türkisfarbenen Pullover meiner Mutter, der ihre blonden Locken noch stärker leuchten lässt als sonst.

»Ferien!«, trällert mein Vater, tänzelt in T-Shirt und Boxershorts die Treppe runter und stößt beim Anblick des reichhaltigen Frühstückstischs ein übertriebenes »Ohhhh!« aus.

Die Ferienstimmung hat jeden Winkel unseres Hauses erfasst, denn noch heute werden meine Eltern zu ihrem Wellnessurlaub in die Berge aufbrechen, was bedeutet, dass meine englische Oma Scarlett in dieser Zeit bei uns den Haushalt schmeißt und auf mich aufpasst.

»Ach, Henry, du fehlst mir jetzt schon«, seufzt meine Mutter und verwuschelt mir die Haare.

Sonst sage ich ihr immer, sie soll das sein lassen, doch heute halte ich so still wie ein Bernhardiner, der hinter dem Ohr gekrault wird. Schließlich warte ich schon gespannt auf eine Gelegenheit, um das Gespräch unauffällig in die richtige Richtung zu lenken.

Mein Vater lässt eine Hand über verschiedenen Tellern und Schüsseln kreisen, scheint sich aber nicht entscheiden zu können.

»Kann ich dir irgendwie helfen?«, fragt meine Mutter schließlich.

»Ich vermisse ein bisschen Mammutschinken.« Er unterdrückt ein Lächeln. Wie immer, wenn er denkt, dass er einen guten Witz gemacht hat.

»Hunde sind echt unheimlich intelligent«, werfe ich wie zufällig ein und achte darauf, dass es nicht so klingt, als hätte ich meinen Text auswendig gelernt. »Ein Border Collie versteht ungefähr 250 Wörter, so viele wie ein zweijähriges Kind.«

Keine Reaktion. Meine Mutter blättert zum x-ten Mal durch ihren Ferienkatalog, während mein Vater konzentriert beobachtet, wie ein Häufchen Zucker im Milchschaum seines Cappuccinos versinkt. Der riesige Wortschatz von Border Collies scheint sie nicht zu beeindrucken. Oder haben sie mir gar nicht zugehört?

»Der Labrador von Finn«, rede ich weiter, »der ist erst drei Monate alt und kann schon Sitz, Platz und Pfötchen geben.« Dass Pluto die Couchgarnitur angeknabbert und neulich auf den Teppich gekotzt hat, behalte ich natürlich für mich.

»Ja, in dem Alter sind sie noch niedlich«, gibt mein Vater zu, was eine kleine Sensation ist, weil es das erste Mal überhaupt ist, dass er irgendwas Nettes über Hunde sagt. »Aber später …« Er verzieht angewidert das Gesicht. Natürlich weiß er genau, dass ich unbedingt einen eigenen Hund haben möchte, aber leider ist er ein Experte darin, sich immer neue Gründe einfallen zu lassen, warum das eine ganz schlechte Idee von mir ist. Dass Hunde angeblich Krankheiten einschleppen und mit der Zeit fett, faul und gefräßig werden, sind nur zwei seiner Argumente, von denen er einen unbegrenzten Vorrat zu haben scheint. Manchmal kommt er mir vor wie ein Zauberkünstler, der ständig neue Argumente aus dem Hut zieht, obwohl dieser längst leer sein müsste.

»Später sind sie immer noch niedlich, nur ein bisschen größer«, beende ich seinen Satz. Jetzt bloß nicht klein beigeben. »Golden Retriever gelten als die idealen Familienhunde, weil sie so gutmütig und pflegeleicht sind«, lasse ich mein Wissen spielen. »Außerdem sind sie so schlau, dass sie von der Bergwacht als Lawinenhunde und von der Polizei als Sprengstoffsprüh… Sprengstoffspürhunde eingesetzt werden.« *Dabei hatte ich dieses Wort extra geübt.*

»Und du meinst, wir brauchen unbedingt einen Golden Retriever, falls hier demnächst eine Lawine runterkommt oder jemand Sprengstoff unter unserem Sofa versteckt?«

Dass mein Vater immer noch lustige Bemerkungen macht, ist ein gutes Zeichen. Immerhin lässt er sich überhaupt auf diese Diskussion ein. Ich schaue Hilfe suchend zu meiner Mutter, die sich wie üblich zurückhält und weder für die eine noch für die andere Seite Partei ergreift. Wahrscheinlich findet sie es so am praktischsten, weil es dann keinen Streit geben kann, denn Streit hasst sie wie die Pest.

Ich schmiere mir eine extradicke Schicht Nutella auf den Toast, doch als ich damit fertig bin, ist mir leider immer noch keine schlagfertige Antwort eingefallen.

»Ich habe mir alles gut überlegt«, versichere ich schnell, ehe jemand das Thema wechselt. »Ich kann jeden Tag mit ihm spazieren gehen und dafür sorgen, dass er sein Futter bekommt.«

»Ein Hund verursacht viel mehr Probleme, als du glaubst«, gibt mein Vater zu bedenken. »Was ist zum Beispiel, wenn wir in Urlaub fahren?«

»Dann gibt es genau drei Möglichkeiten«, antworte ich wie aus der Pistole geschossen. »Entweder wir nehmen ihn mit oder wir geben ihn in eine Hundepension, oder wir lassen ihn zu Hause und beauftragen einen Hundehüter, was gleich mehrere Vorteile hat.«

»Und die wären?«, fragt meine Mutter neugierig.

Auch auf diese Frage bin ich vorbereitet.

»Dass der Hund dann auf unser Haus aufpassen kann, während wir nicht da sind. Außerdem leert so ein Hundehüter den Briefkasten und gießt die Blumen.« Ich beiße zufrieden in meinen Toast und spüre sofort, wie mir die braune Masse durch die Zahnlücken schießt. Abbeißen geht nicht richtig, also reiße ich ein Stück heraus, indem ich meinen Kopf hin und her schüttele wie ein Hund, der auf einer Stoffpuppe herumkaut. Hoffentlich habe ich nicht geknurrt dabei.

»Aber das kostet doch bestimmt viel Geld?« Die ewige Sorge meines Vaters. Alles, was ihm nicht in den Kram passt, kostet »bestimmt viel Geld« oder verursacht »unnötige Kosten«.

»Nein, nein, die sind gar nicht teuer«, behaupte

ich rasch. »Außerdem könnt ihr mir die Summe gern vom Taschengeld abziehen«, füge ich sicherheitshalber hinzu.

Stille. Meine letzte Bemerkung hat ihnen offenbar die Sprache verschlagen, und ich frage mich, ob das wirklich ein geschickter Schachzug war. Ich meine, ich will zwar unbedingt einen Hund, aber ein bisschen Taschengeld ist ja auch nicht zu verachten.

»Kommt nicht infrage ... also das mit dem Taschengeld«, brummt mein Vater schließlich. Er scheint fast ein bisschen beleidigt über meinen Vorschlag zu sein. Ist ja auch logisch. Den Familienhund vom eigenen Kind finanzieren zu lassen – wie peinlich ist das denn?

»Aber du hast dir ja wirklich viele Gedanken gemacht«, sagt meine Mutter anerkennend, und ich fühle mich plötzlich ganz kribbelig, weil ich spüre, dass ich auf dem richtigen Weg bin. Mein Vater legt das Gesicht in die Hände und wirft mir über den Tisch hinweg einen langen Blick zu.

Kommt schon, bitte, bitte, bitte! Wahrscheinlich muss ich ihnen nur noch einen einzigen überzeugenden Grund liefern. Das entscheidende Argument, dem sie sich geschlagen geben. Das letzte Puzzleteil, das alles vervollständigt.

»Ihr sagt doch immer, dass man lernen muss ...

Verantwortung zu übernehmen«, beginne ich zögerlich. »Und wenn man sich um ein Haustier kümmert, dann muss man ja, ähm, ich meine, dann lernt man das ja ... automatisch. Deshalb will ich mich auch ganz allein darum kümmern.«

Der bohrende Blick meines Vaters fordert mich zum Weiterreden auf.

»Ich glaube wirklich, dass mir ein Hund helfen würde, reifer und verantwortungsvoller zu werden«, füge ich feierlich hinzu. »Vielleicht sogar ...« Fast hätte ich gesagt, *ein besserer Mensch zu sein*, doch ich beiße mir im letzten Moment auf die Zunge. Das *Vielleicht sogar* schwebt für ein paar Sekunden durch den Raum und zerplatzt dann wie eine Seifenblase.

»Tja ...« Mein Vater schiebt ein paar Brösel auf seinem Teller hin und her. »Also, ich finde es natürlich schön, dass du von dir aus Verantwortung übernehmen willst ...« Er schlürft einen Schluck Orangensaft. »Aber bei allem, was man anfängt, muss man ... wie soll ich sagen ... auch das Ende bedenken. Das ist wie mit den Goldfischen, die ich als Junge mal hatte.«

Bitte nicht wieder die Goldfischgeschichte.

Meine Mutter beugt sich interessiert vor, als wäre sie total gespannt auf das, was sie schon hundert Mal gehört hat.

»Die hab ich wirklich sehr liebgehabt«, fährt mein Vater fort, »nur leider bin ich eines Tages auf die Idee gekommen, eine Wasserschildkröte zu ihnen ins Aquarium zu tun. Du weißt ja, was dann passiert ist.«

Ich weiß, was dann passiert ist, aber ich weiß nicht, was das mit meinem Hund zu tun haben soll.

»Die Schildkröte hat die Goldfische gefressen und ist dann selber gestorben.«

Und wenn schon. Goldfische können weder bellen noch Stöckchen holen oder Männchen machen. Goldfische können gar nichts!

»Und ich war am Boden zerstört«, fügt mein Vater kopfschüttelnd hinzu und sieht plötzlich so traurig aus, als wäre es gestern gewesen.

Ein Hund ist ein Hund, und ein Goldfisch ist ein Goldfisch.

»Ich finde, wir sollten jetzt nichts überstürzen«, schaltet meine Mutter sich ein. »Nach unserem Urlaub reden wir noch mal darüber, ja, Henry?«

Ich weiß nicht, warum mich gerade dieser Satz so wütend macht, doch plötzlich fängt meine verdammte Unterlippe zu zittern an, und wenn die erst mal zittert, dann kommen im nächsten Moment die Tränen, das ist bei mir immer so.

»Ja, das finde ich auch«, sagt mein Vater und

scheint über den Vorschlag meiner Mutter regelrecht erleichtert zu sein. Dann steht er auf und trägt seinen Teller in die Küche, als wäre das Frühstück damit beendet.

Und da sind sie auch schon, die großen, dicken Tränen. Ein paar Sekunden lang versuche ich, sie zurückzuhalten, aber sie plumpsen mir einfach aus den Augen, und als ich erneut eine Hand in meinen Haaren spüre, schlage ich sie mit einem Schluchzen weg und renne aus der Tür.

»Henry, warte doch!« Die Stimme meiner Mutter.

»Lass ihn.«

Ich schnappe mir meine Jacke von der Garderobe, rase in den Keller, und schon eine halbe Minute später trete ich wie wild in die Pedale meines quietschenden Fahrrads. Das Blut pocht in meinem Kopf. Der kalte Fahrtwind brennt in meinen Augen, aus denen das Wasser schießt wie aus einem Duschkopf. Ich könnte schreien vor Wut. Irgendwie wünsche ich mir sogar, dass meine Eltern die ganze Hundediskussion ein für alle Mal beenden und sagen: *Schluss, aus, es gibt keinen Hund und damit basta!* Aber das tun sie nicht. Stattdessen denken sie sich eine Ausrede nach der anderen aus, und dann heißt es schließlich: *Wir reden ein anderes Mal weiter.*

Wozu denn, wenn die Sache sowieso längst entschieden ist? Und dann zieht mein Vater auch noch diese bescheuerte Goldfischgeschichte aus dem Ärmel.

Ich kann kaum noch das graue Kopfsteinpflaster erkennen, das unter meinen Reifen dahinjagt, weil meine Augen total verschwollen sind. Aber das spielt keine Rolle, ich bin hier schon tausend Mal langgefahren, und im nächsten Moment rase ich in den schummrigen Wald hinein.

Du wirst nie einen eigenen Hund haben, plärrt eine Stimme in meinem Kopf. *Nie! Nie! Nie! Finde dich damit ab, Henry.*

Schnauze!

Und hör auf zu heulen.

Ich senke den Kopf und strampele, was das Zeug hält. Sause wie im Blindflug zwischen den Bäumen hindurch. Es knackt, wenn ich über die Pfützen brettere, die von einer dünnen Eisschicht überzogen sind. Eigentlich sollte ich lieber mal nach vorne gucken oder ein bisschen bremsen oder beides, doch aus irgendeinem Grund habe ich nicht die geringste Lust dazu. Der Fahrtwind pustet mir die Tränen aus den Augen, während ich keuchend kleine Atemwolken ausstoße. Mit zusammengebissenen Zähnen lege ich mich in die Kurve. Mir egal, wenn ich gegen einen

Baum pralle und im Krankenhaus lande, statt mit Mama und Papa zum Flughafen zu fahren. Geschieht ihnen recht. Dann sehen sie mal, was passiert, wenn …

»Aaauuuuuaaaaahhhh!!!«

Ein heftiger Stoß staucht mir die Rippen zusammen. Und während mein Schrei in meinem Kopf explodiert, werde ich aus dem Sattel geschleudert und segele wie in Zeitlupe durch die Luft. Für den Bruchteil einer Sekunde habe ich das Bild meines Fahrradhelms vor Augen, der zu Hause auf dem Regal liegt. Ich rase der gefrorenen Erde entgegen und strecke die Arme aus, um den Sturz abzufangen – dann wird alles dunkel.

AUTSCH

Als ich die Augen öffne, kitzelt mich kaltes Gras an der Wange. Keine Ahnung, wie lange ich hier so rumgelegen habe. Mein Kopf ist wie in Watte gepackt, aber die Tränen in meinen Augen sind verschwunden. Jedenfalls sehe ich gestochen scharf die verbeulte Felge und die kaputte Vorderlampe meines Fahrrads, das ein paar Meter weiter auf dem Boden liegt. Ich stütze mich auf die Knie – *autsch*, mein Handgelenk –, kneife die Augen zusammen und stehe zittrig auf. Meine Beine sind wie Schwimmnudeln, mein blauer Anorak hat schmierige Dreckstreifen bekommen und mein verschrammtes Knie guckt neugierig durch ein Loch in meiner Hose. Blut sehe ich keins. Puh …

Dann fällt mir plötzlich das dumpfe Rumpeln unter meinem Vorderrad ein. Ich muss über irgendwas drübergedonnert sein. Also humpele ich ein Stück zurück und schaue den krummen Weg rauf und runter, kann aber nichts Verdächtiges entdecken: kein heruntergefallener Ast, keine weggeworfene Coladose.

Auf dem Grasstreifen neben mir türmt sich ein großer Blätterhaufen mit schmutzig weißen Schneeresten. Ziemlich weit unten schaut etwas Spitzes raus, das zur Seite gebogen ist. Es hat ungefähr die Farbe des alten Schnees, nur etwas gelblicher. So wie die Zähne meiner Oma, die ich nachher wiedersehen werde. Also, natürlich die ganze Oma, nicht nur die Zähne. Dieses spitze Etwas muss der Übeltäter sein. Ich bücke mich, um mein verbeultes Vorderrad zu begutachten, und tatsächlich ist der Reifen der Länge nach aufgeschlitzt worden.

»Scheißding!« Wütend trete ich gegen das gebogene Dingsbums und will gerade mein geschrottetes Fahrrad aufheben, als der ganze Blätterhaufen in Bewegung gerät. Also, nicht doll, sondern nur ein bisschen, und man muss auch wirklich ganz genau hingucken, um das leichte Auf und Ab des Haufens zu erkennen. Ein paar Mal geht das so, dann beruhigt sich alles wieder.

Ich zwinkere und schaue noch mal hin. Keine Bewegung mehr. Gibt's doch wohl nicht. Ich fasse mir mit beiden Händen an den Kopf und drücke ein bisschen an ihm herum, ob's irgendwo wehtut. Vielleicht hab ich ja vom Sturz einen Dachschaden gekriegt und bilde mir jetzt Sachen ein, die's gar nicht gibt. Aber da tut nichts weh.

Ich gehe in die Hocke und streiche mit den Fingern über das gebogene Dings, das kühl und glatt ist. Schiebe ein paar Blätter weg und entdecke weiter oben noch eins von der Sorte. Zwischen den beiden Dingern gucken ein paar Fransen hervor, wie von einem alten Teppich. Echt unglaublich, was die Leute so alles wegwerfen, und dann noch mitten im Wald.

Jetzt will ich's aber genau wissen, auch wenn meine Finger eiskalt sind und obwohl es mir im Prinzip egal sein kann, was meinen Dachschaden verursacht hat. Mit den Händen wische ich die Blätter abwechselnd nach links und nach rechts, lege immer mehr zottelige Fransen frei – und schaue plötzlich in einen wässrigen Kreis mit einem schwarzen Punkt in der Mitte und ein paar Falten drumrum. *Ach du …*

Ich bin so baff, dass ich mich nicht mal richtig erschrecke. Denn ich weiß sofort, dass ich in ein Auge blicke, zumindest in ein halbes Auge, weil das Lid sich ein bisschen über die obere Hälfte geschoben hat. Vorsichtshalber gehe ich zwei Schritte zurück, starre aber weiter wie gebannt auf die dunkel schimmernde Pupille, die mich ansieht und doch nicht ansieht. Die es irgendwie schafft, mitten durch mich hindurchzugucken. Trotzdem bin ich ganz sicher, dass das Tier noch am Leben ist, denn sein Atem, der die Blätter erneut in Bewegung versetzt, dampft als weiße Fahne aus seinem kleinen Maul.

Ich stemme die Hände in die Hüften, knabbere auf meinen Lippen rum und hab keine Ahnung, was ich jetzt tun soll. Wahrscheinlich sollte ich mich schnellstens in Sicherheit bringen, denn wenn das hier ein Wildschwein ist, das mit seinen Kinderchen Mittagsschlaf hält und von mir unsanft geweckt wurde, dann gute Nacht, Henry. Aber Moment mal … hier gibt's doch keine Wildschweine … oder doch? Ich merke, dass sich mein Tierwissen zu 99 Prozent auf Hunde beschränkt, und ein Hund ist das nie im Leben.

In meiner Hosentasche dudelt eine bekannte Melodie. Umständlich fummele ich das ausrangierte

Handy meiner Eltern heraus, das ich zu Weihnachten bekommen habe. Vier Buchstaben blinken auf dem Display: MAMA. Ich will schon rangehen, aber dann überlege ich mir es anders und warte, bis das Blinken aufhört. Nach weiteren zehn Sekunden macht es *pling*. Na bitte. Ich höre die Mailbox ab:

»Sag mal, Henry, wo bleibst du denn? Du weißt doch, dass wir gleich zum Flughafen müssen. Also komm bitte sofort nach Hause.« Pause. *»Und fahr vorsichtig.«*

Vielen Dank für den wertvollen Hinweis. Aber nach Hause will ich jetzt nicht. Denn erstens ist nachher immer noch Zeit, mich von meinen Eltern zu verabschieden. Zweitens habe ich meine Oma die ganze Woche bei mir, da kommt's auf ein paar Stunden mehr oder weniger auch nicht an. Drittens: Strafe muss sein – also, für meine Eltern, nicht für meine Oma. Und viertens … viertens … egal, drei Gründe reichen.

Mit einem Anflug von schlechtem Gewissen stopfe ich mein Handy in die Jeanstasche zurück und schaue erneut zum Blätterhaufen rüber, in dem sich dieses seltsame Tier versteckt hat. Keine Ahnung, ob ich total leichtsinnig oder einfach nur plemplem bin, aber irgendwas an diesem wuscheligen Wesen zieht mich magisch an. Und plötzlich weiß ich auch ganz genau, wen ich jetzt anrufen muss.

* * *

»Vielleicht sollten wir noch mehr Blätter entfernen«, schlägt Finn vor.

»Und wenn es beißt?« Zoe knabbert an ihren langen Haaren, was sie immer tut, wenn sie angestrengt nachdenkt.

»Glaub ich nicht.« Ich fasse mir ein Herz, mache zwei Schritte nach vorne und wedele mit einer Hand vor den halb geschlossenen Augen des Tieres hin und her. »Siehst du, keine Reaktion.«

Dass Finn mein bester Freund ist, hab ich ja schon erzählt. Von Zoe hab ich nur deshalb nichts gesagt, weil bisher noch keine Gelegenheit dazu war. Finn und ich waren schon immer unzertrennlich, also genauer gesagt, seit er mir im Kindergarten mit der Ketchupflasche ins Gesicht gespritzt hat, aber das ist eine andere Geschichte. Jedenfalls haben mir seine Eltern damals einen neuen Pullover gekauft und ihn mit Finn zusammen bei uns vorbeigebracht. Seitdem sind wir dicke Freunde. Zoe ist erst letztes Jahr dazugekommen. Eine Zeit lang hat sie uns mehr oder weniger heimlich beobachtet, und eines

Tages in der großen Pause stand sie dann plötzlich neben uns und am nächsten Tag wieder und immer so weiter bis zu den Sommerferien. Klingt komisch, aber genau so war's.

Vorsichtig, mit langen Armen und spitzen Fingern, befreien wir das haarige Wesen nach und nach von seinem Blätterkleid, zupfen kleine Stöckchen und ein paar Schneeklumpen aus seinem Fell.

Und was merkwürdig ist: Je mehr Haare zum Vorschein kommen und je deutlicher sich seine Gestalt abzeichnet, desto weniger Angst haben wir. Also ich zumindest. Ganz friedlich liegt es auf der Seite und döst vor sich hin. Der haarlose Rüssel hängt schlapp über einem der Stoßzähne. Seine braunen Zotteln sind ziemlich verfilzt und haben einen rötlichen Schimmer. Die stämmigen Beine gucken ein Stück weit aus den Zotteln heraus und sind voller Falten und Runzeln, als hätte es unter dem Fellmantel zwei Paar alte dicke Lederstiefel an. Die rundlichen Füße sind geformt wie kleine Hocker und das, was bei uns die Zehen sind, sieht aus wie eine Reihe schmutzig brauner Zähne. Hinter dem runden Kopf wölbt sich ein kleiner Buckel, als würde es unter den dichten Haaren einen Rucksack tragen.

»Sieht aus wie ein Elefantenbaby, das sich hier

schlafen gelegt hat«, sagt Finn und kratzt sich die Mütze, weil er zu faul ist, sie abzunehmen.

»Ein ganz schön haariges Elefantenbaby«, entgegne ich. »Vielleicht ist das ja bei jungen Elefanten so.«

»Was soll so sein?«, fragt Zoe.

»Na, dass die so ein dichtes Fell haben. Wahrscheinlich verschwindet das später wieder.«

»Hab ich noch nie gehört.« Zoe schüttelt den Kopf. »Wie heißen noch diese Tiere, die es früher mal gab?«

»Wann früher?«

»Im Mittelalter oder in der Steinzeit oder so.«

»Dinosaurier?«, fragt Finn.

»Quatsch, Dinosaurier!« Sie verdreht demonstrativ die Augen. »Die mit den Stoßzähnen natürlich.«

Plötzlich geht mir ein Licht auf. »Du meinst ein Mammut.«

»Genau, sieht mir eher wie ein kleines Mammut aus«, stellt Zoe fachmännisch fest, spaziert einmal um das Tier herum und betrachtet es nachdenklich von allen Seiten. »Vielleicht ein Mammutbaby …«

»Mammuts sind aber schon seit Ewigkeiten ausgestorben«, gibt Finn zu bedenken.

Da fällt mir noch was ein. »Vielleicht haben sie ja irgendwo eins gezüchtet!«, platzt es aus mir heraus.

Schweigen im Walde. Mein Geistesblitz scheint nicht den geringsten Eindruck auf sie zu machen. Zoe zuckt nur kurz mit den Schultern. Finn reißt seine Pudelmütze runter, stopft sie in die Tasche seines altmodischen Fellmantels und kratzt sich mit beiden Händen am Kopf.

»Ich hab mal eine Sendung im Fernsehen gesehen«, brabbele ich weiter, »ich glaube, das war irgendwo in Russland, da haben sie versucht, ein Mammut zu züchten, aus alten Knochen oder so, die man in der gefrorenen Erde …«

Als das Handy in meiner Tasche klingelt, zucke ich zusammen.

»Meine Eltern«, erkläre ich krächzend und spüre sofort, dass ich einen Kloß im Hals habe. Verflixt, ich kann doch nicht wieder so tun, als hätte ich rein zufällig nichts gehört.

Zoe klappt elegant ihre Hand aus, entfaltet dabei einen Finger nach dem anderen und macht eine einladende Geste, als erlaube sie mir, mit meinen Eltern zu telefonieren.

Ich drehe mich halb von ihr und Finn weg, drücke auf den grünen Knopf und mache mich auf was gefasst. *Schluck*. Aber oh Wunder, die Stimme meiner Mutter klingt weder supergenervt noch stocksauer, sondern … na gut, vielleicht auch nicht gerade zuckersüß, aber doch so, als hätte sie genauso ein schlechtes Gewissen wie ich.

Eine Welle der Erleichterung schwappt durch mich hindurch, und für einen Moment komme ich mir fast so schwerelos vor, als könnte ich davonfliegen. Auf die Frage, wo ich eigentlich stecke, antworte ich wahrheitsgetreu »im Wald«, was seltsamerweise keine weiteren Fragen nach sich zieht, als wäre das mein bevorzugter Aufenthaltsort. Der anschließende Redeschwall meiner Mutter lässt sich folgendermaßen zusammenfassen: 1. Sind schon los zum Flughafen. 2. Kommen bald zurück. 3. Hausschlüssel liegt unter der Fußmatte. 4. Hab dich lieb.

»Und?«, fragt Finn, nachdem ich aufgelegt habe.

»Nichts Besonderes«, antworte ich lässig.

Eine Weile gucken wir Löcher in die Luft, dann fasst Finn die Lage zusammen: »Du düst hier also bei Eiseskälte im Wald rum, und weil du ausprobieren willst, wie lange es dauert, bis einem die Ohren abfallen, lässt du Mütze und Handschuhe zu Hause. Leider friert dir zuerst das Gehirn ein, weshalb du mit einem schlafenden Mammut zusammenstößt, das hier Urlaub von der Steinzeit macht. Du denkst dir nichts dabei, rufst aber Zoe und mich an, um uns das Loch in deiner Hose zu zeigen, richtig?«

»Ja, ja, so ungefähr«, antworte ich zerstreut. Ein neuer Gedanke hat angefangen, sich in meinem Kopf breitzumachen. Im Grunde ist es noch kein richtiger Gedanke, nur so eine Ahnung. Oder Vorahnung. Gibt's so ein Wort überhaupt?

Zoe ist direkt vor den Stoßzähnen in die Knie gegangen, stützt ihren Kopf in die Handflächen und schaut das Mammut konzentriert an. »Sieht doch eigentlich total süß und friedlich aus«, sagt sie mit sanfter Stimme.

»King Kong sah mit geschlossenen Augen auch süß und friedlich aus«, murmelt Finn.

Zoe richtet sich rasch auf und tritt einen Schritt zurück.

Während ich angestrengt nachdenke, wer eigentlich King Kong ist, schreitet Finn mit ernster Miene auf das schlafende Steinzeittier zu und legt ihm vertraulich eine Hand auf den Buckel, als wäre es sein bester Kumpel. »Ehrlich gesagt, glaube ich, dass das Mammut schon halb erfroren ist. Wenn wir den Zoo oder einen Tierarzt anrufen, kann es vielleicht noch gerettet werden. Fühlt mal, wie kalt es ist.«

Zoe und ich legen prüfend unsere Hände auf den gewölbten Zottelbauch, und ich erschrecke ein bisschen, als ich feststelle, dass in ihm nicht mehr Wärme ist als in meinen eiskalten Fingern. Erst nach ein paar Sekunden spüre ich ein leichtes Vibrieren, wie von einem dieser elektrischen Stofftiere, die eine Batterie im Bauch haben. Allerdings eine Batterie, die gerade ihren Geist aufgibt.

»Und wenn sie es einschläfern?«, fragt Zoe mit trauriger Stimme.

»Wenn wir es hier liegen lassen, stirbt es bestimmt.« Glaub ich zumindest.

Plötzlich ist Zoe den Tränen nahe. »Den Tierarzt rufen wir auf keinen Fall an«, sagt sie pampig und presst die Lippen aufeinander.

Finn stöhnt leicht auf. »Okay, dann eben den Zoo.«

»Kommt nicht in die Tüte!«

»Mann, Zoe, das ist doch kein Kuscheltier, das du einfach mitnehmen und bei dir zu Hause auf die Bettkante setzen kannst.«

»Auf meinem Bett sitzt kein einziges Kuscheltier«, gibt sie beleidigt zurück und verschränkt die Arme. Dann geht sie erneut in die Knie und pustet einen Schneerest vom Rüssel, damit das kleine Mammut besser atmen kann.

»Vielleicht«, sage ich nachdenklich, »können wir's ja wirklich mitnehmen.«

Finn guckt mich an, als wäre das der endgültige Beweis, dass mir das Gehirn eingefroren ist. »Und wie willst du das anstellen? Luft rauslassen und in die Tasche stecken? Oder soll es sich vielleicht auf den Gepäckträger von deinem kaputten Fahrrad setzen?«

»Wir haben zu Hause einen Bollerwagen, mit dem holt mein Vater immer das Brennholz für den Kamin rein«, fahre ich fort. »Da könnten wir's drauflegen.«

»Und wo bringen wir's hin?«, will Zoe wissen.

»Weiß nicht«, antworte ich. »Irgendwohin, wo's warm ist. Dann kommt es vielleicht zu sich.«

»Sag mal, ist deine Mutter gerade zu Hause, Zoe?«, fragt Finn.

»Nein, warum?«

»Dann bringen wir's einfach zu dir, da ist doch sowieso immer sturmfreie …« Er schluckt das letzte Wort runter und räuspert sich, als wäre er drauf und dran gewesen, was richtig Blödes zu sagen. Man muss Zoe ja schließlich nicht unter die Nase reiben, dass sie so viel allein ist.

»Meine Mutter kommt erst heute Abend von der Arbeit, aber wie ihr eigentlich wissen müsstet, ist unsere Wohnung echt winzig.« Zoe verdeutlicht mit Daumen und Zeigefinger, *wie* winzig sie ist. »Da kann ich das Tier jedenfalls nirgendwo verstecken, bis es vollständig aufgetaut ist.«

»Also, unsere Wohnung ist immerhin *so* groß.« Zwischen Finns Daumen und Zeigefinger liegen mindestens fünf Zentimeter. »Aber ihr wisst doch, dass bei uns immer die Hölle los ist. Kann mich gar nicht erinnern, schon mal allein gewesen zu sein. Außerdem glaub ich nicht, dass Pluto so scharf auf einen tiefgefrorenen Spielgefährten ist.«

Die Claassens haben eine Erdgeschosswohnung mit Garten, aber ich weiß nicht, wie viele Zimmer das sind, weil dort überall das gleiche Chaos herrscht und quasi alles ineinander übergeht. Selbst wenn bei uns zu Hause keiner mehr aufräumen würde, sähe es nach einem Jahr immer noch ordentlicher aus als bei ihnen. Trotzdem bin ich ein bisschen neidisch auf Finn. Vor allem auf die Kochkünste seiner älteren Geschwister, die sich auf Spiegeleier mit Ketchup spezialisiert haben. Die werden da quasi rund um die Uhr gebrutzelt. Zum Nachtisch gab's neulich Marshmallows, direkt auf der Herdplatte gegrillt. Hat gestunken wie Hölle, war aber total lecker. Und ob ihr's glaubt oder nicht, da lag doch echt eine Unterhose auf dem Kühlschrank. Ich hab zwar nur ganz kurz hingeguckt, weil mir das selbst ein bisschen peinlich war, aber es würde mich überhaupt nicht wundern, wenn die immer noch da liegt.

Wie komme ich da eigentlich drauf? Ach ja! »Ich glaube, bei uns müsste es gehen«, höre ich mich sagen.

»Echt?« Finns Augenbrauen schießen nach oben. »Aber deine Eltern, die …«

»Fahren heute für eine Woche in die Berge«, beende ich den Satz. »Muss mich nur nachher noch schnell von ihnen verabschieden.«

»Und die lassen dich in den Ferien ganz allein zu Hause?« Zoe rammt sich empört die Hände in die Hüften und vergisst, ihren Mund zuzuklappen.

»Nein, nein, die holen gerade meine englische Granny, also meine Oma vom Flughafen ab. Aber die ist schon hundertzwanzig, sieht nix mehr und hört noch weniger«, flunkere ich.

»Du hast 'ne englische Oma?« Zoe kommt aus dem Staunen nicht heraus.

»Yes, in Doncaster. Deshalb ist mein Vater auch halber Engländer und ich ein viertel«, rechne ich vor. »Und deshalb glaube ich auch, dass wir das Mammut erst mal bei uns verstecken können.«

Für einen Moment ist es so still, dass man das leise Rauschen in den Baumkronen hört. Irgendwo krächzt ein Vogel.

Und während ich mich beklommen frage, ob ich den Mund vielleicht ein bisschen zu voll genommen habe, friemelt Finn seine Mütze wieder aus der Tasche, klatscht sie sich mit einer Hand auf den Kopf und sagt: »Also los, worauf warten wir?«

WOW

Das kleine Mammut auf den Karren zu hieven, war sozusagen eine haarige Angelegenheit. Schließlich wollten wir es auf keinen Fall aufwecken, zumindest nicht in diesem Moment und an diesem Ort. Wir mussten all unsere Kräfte aufbieten und es trotzdem behandeln wie ein rohes Ei. Wie ein schlafendes Riesenei.

Und natürlich war uns ein bisschen mulmig zumute, denn was passiert wäre, wenn wir das Mammut versehentlich fallen gelassen hätten, das will ich mir gar nicht erst vorstellen. Oder wenn es die

Augen aufgeschlagen hätte, während es in der Luft hin und her schwankte, weil Finn, Zoe und ich krampfhaft versucht haben, unser Gleichgewicht zu halten.

Ein Hieb mit dem Stoßzahn, und Zoe hätte ein Loch im Bauch gehabt. Ein hektischer Fußtritt, und ich wäre gegen den nächsten Baum geflogen. Ein Peitschenschlag mit dem Rüssel, und Finn hätte die Engel singen gehört.

Doch irgendwie ist es uns beim dritten Versuch gelungen, das schlafende Tier auf die Ladefläche des Bollerwagens zu verfrachten, und zwar ohne Löcher im Bauch oder singende Engel. Die Seitenteile hatten wir vorher runtergeklappt.

»So, geschafft!« Finn zieht die graue Plastikplane, unter der sich eben noch unsere Gartenbank befunden hat, über die Stoßzähne und bringt das Mammut zum Verschwinden – jedenfalls beinahe.

»Halt, nicht so weit.« Zoe zieht die Plane ein Stückchen zurück, damit der Schwanz nicht unter ihr hervorlugt.

»Wieder ein bisschen hierher.« Finn zupft erneut auf seiner Seite, während meine Augen zwischen ihnen hin und her flitzen.

»Ist schon okay«, mische ich mich nervös ein. »Wir wohnen doch ganz in der Nähe.«

Aber natürlich kann man nicht wissen, wer einem bis dahin so alles über den Weg läuft und neugierige Fragen stellt. Zum Beispiel der verrückte Otto. Der läuft allerdings nicht, sondern gondelt meistens auf platten Reifen durch die Gegend, während jede Menge Tüten an seinem Lenker schlenkern. Was in diesen Tüten ist, das wollt ihr echt nicht wissen. Ich hab nämlich bisher immer gedacht, dass er irgendwelchen Müll sammelt, aber Finn meinte neulich, er hätte ganz genau gesehen, dass in einer durchsichtigen Tüte tote Vögel lagen. Keine Ahnung, was er mit denen anstellt. Vielleicht stopft er sie aus oder brät sie sich zum Abendessen, *würg*. Alles ist möglich. Jedenfalls sind bei Otto so viele Schrauben locker, der könnte glatt ein Schraubengeschäft aufmachen.

Ich stelle mich vor den Bollerwagen, greife entschlossen nach hinten und packe die Deichsel mit beiden Händen. Dann beuge ich mich vor und ziehe, was das Zeug hält. Zuerst denke ich, es tut sich gar nichts, doch plötzlich gibt es einen kleinen Ruck und der Wagen setzt sich schaukelnd in Bewegung. Falls man das Bewegung nennen kann. Die schwarzen Gummiräder drehen sich wie in Zeitlupe, und es ist eine elende Plackerei, sie am Laufen zu halten. Zoe und Finn spazieren derweil geduldig neben dem

Wagen her und halten die Plane fest, während ich mich im Schneckentempo vorwärtskämpfe und meine Arme immer länger werden.

Warum soll ich hier eigentlich der Einzige mit langen Armen sein, denke ich grummelig, behalte das aber für mich. Aus irgendeinem Grund will ich mir und ihnen beweisen, dass ich kein Jammerlappen bin, der beim kleinsten Mammut gleich schlappmacht.

»Geht's noch, Henry?«, erkundigt sich Zoe, als wir ein paar Minuten später den Waldweg verlassen und auf das unebene Kopfsteinpflaster der Straße bollern. Ihre Stimme klingt nach echtem Interesse, und ich will ja nichts sagen, aber Mitgefühl hört sich anders an.

»Klar«, ächze ich so unbeschwert wie möglich, während mir ziemlich derbe Flüche durch den Kopf gehen. Irgendwas staut sich da in mir auf und ich bin nahe am Platzen, als zwei Dinge gleichzeitig passieren: Zum einen dudelt mal wieder das Handy in meiner Tasche los. Zum anderen wackelt uns Frau Kirschstein mit ihrem Einkaufsnetz entgegen. Die alte Dame wohnt bei uns schräg gegenüber und löchert mich bei jeder Gelegenheit mit ihren Fragen. Weil sie schon ein bisschen tüdelig im Kopf ist, sind es immer dieselben: »Wie geht's in der Schule,

Henry?« oder »Wann kommst du mich mal wieder besuchen?«

Besucht habe ich sie noch nie, mich nur einmal in ihren Vorgarten verlaufen, aber da war ich höchstens drei Jahre alt. Wahrscheinlich kommt es ihr so vor, als wäre das gestern gewesen.

Ich lasse die Deichsel fallen und fingere mit zittrigen Händen nach meinem Handy, das sich irgendwie verhakt hat. Ungeduldig reiße ich so heftig daran – *ratsch!* –, dass ich neben dem Handy meine halbe Hosentasche in der Hand halte.

»Ja?«, keuche ich in den Apparat und höre die Stimme meines Vaters:

»Henry? Du bist ja so außer Atem.«

»Bin ... gerade gelaufen.« *Schnauf.*

Im Hintergrund ist Flughafengebrabbel.

»Pass auf, der Flug hat Verspätung. Wir kommen also erst in ungefähr zwei Stunden.«

Typisch Papa, immer kurz und bündig. Mama hätte für diese Mitteilung fünf Minuten gebraucht.

»Viele Grüße ... an Oma«, sage ich in einem Anfall von Höflichkeit.

»Wird gemacht. Bis später.« *Klick.*

Auf der linken Seite taucht bereits die Ecke unseres Hauses auf, doch Frau Kirschstein hat einen Zahn zugelegt und watschelt uns freudestrahlend entgegen. Wenn alte Leute es eilig haben, können die rennen wie nix, denke ich.

»Henry! Das ist aber eine Überraschung!«

Wen mag sie vor ihrem Haus erwartet haben? Ein Pokémon?

»Mein Gott, du bist ja ganz verschwitzt. Warte mal.« Sie greift sich in die Manteltasche, wühlt darin herum und zieht ein krauses Stofftaschentuch mit Blümchenmuster hervor. Ich ahne Unheil, doch ehe ich reagieren kann, tupft sie mir damit das Gesicht ab und wischt mir quer über die Stirn. »Besser so?«

»Nein, äh, ja … danke«, plappere ich verwirrt.

»Und das sind also deine Freunde?« Sie stopft sich das Blümchentuch wieder in die Tasche.

»Zoe«, flötet Zoe mit ihrem süßesten Lächeln.

»Finn«, sagt Finn und nimmt doch tatsächlich seine Mütze ab, während er mit der anderen Hand eisern die Plane festhält.

»Und so gut erzogen!« Frau Kirschsteins Lächeln unter der Pelzmütze wird immer breiter. Es entsteht eine klitzekleine Pause, die ich sofort ausnutze. »Also wir müssen dann wieder …«

Aber auf *dem* Ohr ist Frau Kirschstein leider taub. »Was habt ihr denn da unter der Plane?«, fragt sie neugierig.

Ich schiele zu Finn rüber, der schielt zu Zoe rüber, und Zoe schielt zu mir rüber. Ein paar Sekunden flitzen unsere Blicke im Dreieck, dann antwortet Finn, ohne mit der Wimper zu zucken: »Och, das ist nur ein Mammut.«

Ich schrecke zusammen. Der hat vielleicht Nerven.

»Haben wir im Wald gefunden«, fügt er in Seelenruhe hinzu.

Frau Kirschstein stutzt einen Moment, ehe sie in kreischendes Gelächter ausbricht. Ihr tonnenförmiger Körper wird hin und her geworfen, als hätte sie den Schluckauf des Jahrhunderts. Das Einkaufsnetz wackelt im Takt dazu. Eine einzelne Träne läuft von ihrer klobigen Brille bis in den Kragen ihres grauen Steppmantels. »Wie lustig ihr seid«, gluckst sie schließlich und ist von ihrem Lachanfall ganz kurzatmig geworden.

Ich hab die Schnauze voll und stampfe einfach drauflos, um weiteren Taschentuchattacken zu entgehen. Der Wagen rollt schwerfällig an, Zoe ruft fröhlich »auf Wiedersehen«, Finn schwenkt seine Mütze, und ich bin mir sicher, dass die alte Nervensäge uns zum Abschied zuwinkt, was ich allerdings nicht sehen kann, weil mein erhitzter Kopf schon wieder zwischen den Schultern hängt.

Ich weiß natürlich, dass sie es gut gemeint hat mit ihrem abgegrabbelten Blümchentuch, aber ich kann es nun mal nicht ausstehen, wenn mir fremde Leute ungefragt im Gesicht rumtatschen.

Als wir drei Minuten später auf unser Grundstück einbiegen, lassen Zoe und Finn die Plane los und helfen mir, den Wagen bis auf die Terrasse zu ziehen. Unser Garten liegt schon vollständig im Schatten, nur die Wipfel der höchsten Tannen leuchten so hell, als wäre ein Scheinwerfer auf sie gerichtet.

»Weißt du, wie man Feuer macht?«, fragt mich Finn mit Blick auf das Brennholz, das sich unter dem Außenkamin stapelt.

»Ich hab das schon öfter zusammen mit meinem Vater gemacht«, antworte ich ausweichend, »aber alleine darf ich das nicht.«

»Dann sagst du eben, dass ich das war.« Typische Finn-Logik. Und typische Finn-Aktion, als er sofort damit anfängt, längliche Holzscheite und kleine Stöckchen zu einem Stapel aufzuschichten. »Kann ja wohl nicht so schwer sein.«

»Die hier sollten wir auch benutzen.« Zoe hat alte Zeitungen gefunden und beginnt damit, sie auseinanderzureißen.

Ich lasse die beiden einfach machen, obwohl mir

beim Gedanken an meine Eltern ganz anders wird. Wenn die rauskriegen, was wir hier veranstalten, rasten sie bestimmt aus, sagen vielleicht sogar ihren Urlaub ab, und ich bin schuld an allem. Vielleicht schaffen wir es ja zumindest, nicht das ganze Haus abzufackeln, denke ich nervös.

Andererseits, versuche ich mich zu beruhigen, ist es extrem unwahrscheinlich, dass sie noch mal einen Blick auf die Terrasse werfen, ehe sie in die Berge abzischen. Weil Omas Flugzeug so langsam ist, sind sie ja sowieso schon spät dran.

Ich lasse meinen Blick durch den einsamen Garten schweifen, der im Winter all seine Farben verloren hat. So öde und frostig stellt sich Finn wahrscheinlich mein Gehirn vor. Das Mammut könnten wir zur Not auf der gegenüberliegenden Seite hinter die Büsche legen, um Zeit zu gewinnen. Aber die große Preisfrage ist doch, was wir tun, wenn es tatsächlich aufwacht? Während ich die Plane wieder über die Gartenbank breite, geht mir der Satz meines Vaters im Kopf rum: *Bei allem, was man anfängt, muss man auch das Ende bedenken.* Verdammt, ich glaube, wir sind total übergeschnappt.

Als es hinter mir knistert, knackt und knattert, drehe ich mich um. Das Mammut liegt immer noch reglos auf dem Karren, doch der Kamin ist zum Leben erwacht. Zoe und Finn hocken davor und pusten in die Flammen, die wie gelbe Zungen an den Holzscheiten lecken und glühende Funken durch die Luft schießen. Zoe wirft mir einen stolzen Blick zu, und ich strecke ihr meinen gehobenen Daumen entgegen. Mit vereinten Kräften schieben wir das bewusstlose Mammut näher an das Feuer heran, aber nicht so nah, dass sein Fell ankokeln könnte.

Als guter Gastgeber klappe ich drei Plastikstühle auseinander, die an der Hauswand gelehnt haben, und hole von drinnen ein paar Wolldecken und eine Packung Kekse. Dann machen wir es uns einigermaßen gemütlich, ziehen die Decken bis zu den Ohren und warten … und warten … und warten …

»Bist du sicher, dass deine Eltern sich über ihr neues Haustier freuen werden?«, fragt Finn nach einer halben Stunde. Ich lächle gequält.

»Vielleicht sollten wir's lieber in den Wald zurückbringen«, schlage ich irgendwann vor.

Zoe schüttelt nur stumm den Kopf, während Finn mir einen abschätzigen Blick zuwirft. Es ist einer der Blicke, die sprechen können, und dieser sagt: *Weichei!*

Nach über einer Stunde steht Zoe auf und legt ihre Hand auf den Bauch des Mammuts, das jetzt ruhig und gleichmäßig atmet. »Ist schon ein bisschen aufgetaut«, gibt sie bekannt.

Auch ich fühle mich unter der Decke inzwischen mehr als aufgetaut. Die Wärme kriecht förmlich in mir hoch, macht meinen Kopf ganz schummerig und zieht an meinen Augenlidern. Hier ist es wie in einer Höhle, denke ich schläfrig und spähe zu Zoe rüber, auf deren Gesicht die Flammen tanzen. Sie wirkt so in sich gekehrt und zufrieden, als wäre dies der schönste Ort der Welt. Finn hat sich ganz tief in seinen Fellmantel verkrochen und sieht aus wie ein Höhlenbewohner vor seinem selbst erlegten Abendessen.

Irgendwann muss ich tatsächlich eingenickt sein, denn als ich ein leises Quietschen höre, fliegen mir die Augen auf. Zuerst weiß ich nicht, woher das Geräusch stammt, aber dann sehe ich, dass der Bollerwagen unter der Last des Mammuts hin und her schaukelt.

»Guckt mal, es zittert!«, ruft Zoe und beugt sich weit vor.

Die schimmernden Stoßzähne des Mammuts vibrieren, seine rötlichen Zotteln zucken. Der Brustkorb hebt und senkt sich wie ein Blasebalg, ehe er plötzlich so stark anschwillt, dass er aussieht wie eine prall gefüllte Wärmflasche.

Finn streift die Decke ab und springt auf. »Ich glaube, es platzt!«, ruft er.

Ein ohrenbetäubendes Schnauben lässt die Terrasse erbeben. Dann wird es ziemlich dunkel.

»Henry!«, flüstert Zoe. »Mach mal Licht an.«

Ich drücke die Schiebetür zum Wohnzimmer auf, strecke meinen Arm durch den Spalt und taste nach dem Schalter. Im nächsten Moment wird die Terrasse in ein trübes Licht getaucht.

»Wow!«, haucht Finn sichtlich beeindruckt. »Es hat das Kaminfeuer ausgeniest.«

»Warum flüstert ihr denn so?«, flüstere ich.

»Pst!« Zoe steht ungefähr zwei Meter vom Bollerwagen entfernt und winkt mich heran. »Wir dürfen es nicht erschrecken«, formen ihre Lippen fast lautlos.

Auf Katzenpfoten tapse ich näher. Ganz ruhig steht das Mammut neben dem umgekippten Wagen und plinkert zweimal mit den Augen.

Finn schleicht in einem großen Bogen um das Zotteltier herum, dessen Rüssel wie von selbst hin und her schlenkert. Dann stapft es zwei, drei Schritte nach vorn, genau in Zoes Richtung. Sie macht einen kleinen Hüpfer zurück. Ganz langsam hebt sich der Rüssel, bis seine Nase, die aussieht wie eine Steckdose, nur noch Zentimeter von Zoes Nase entfernt ist. Sie zittert leicht und kneift die Augen zu, und ich zittere auch. Kerzengerade steht sie da, mit hängenden Armen, während der elastische Rüssel behutsam über ihr Gesicht fährt. Er streicht ihr über Kinn und Wangen, wandert hoch zur Stirn, wo er sich kurz festsaugt, und schwenkt über ihre Haare hinweg.

Für einen Moment habe ich Angst, es könnte ihr was antun, aber dann sehe ich, dass Zoes Gesichtszüge ganz weich werden und ein Lächeln ihre Mundwinkel auseinanderzieht. »Das kitzelt«, kichert sie, als die Rüsselspitze des Mammuts kurz in ihrem Ohr verschwindet.

Dann schlappt der Rüssel zur Seite, worauf das Mammut einen leisen Laut von sich gibt. Es klingt so ähnlich wie »jau«.

»Habt ihr das auch gehört?«, fragt Finn.

»Es hat ›jau‹ gemacht«, flüstert Zoe.

»Nein, das Auto!«

Ein Motor geht tuckernd aus. Stimmen. Türenschlagen.

Meine innere Alarmanlage heult sofort los. Alle

Warnleuchten blinken rot. Eine riesige Katastrophe ist im Anmarsch, und uns bleiben vielleicht zwanzig Sekunden, um sie abzuwenden.

»Meine Eltern!«, rufe ich viel zu laut und rudere hilflos mit den Armen. »Bringt das Ding weg!«

»Wohin denn?« Auch Finn ist jetzt in heller Aufregung, während Zoe so einen komisch benebelten Ausdruck in den Augen hat, als wäre sie hypnotisiert worden.

Ich springe vom rechten auf den linken Fuß und wieder zurück, zappele mit den Händen und sage das Erste, was mir in den Sinn kommt: »In mein Zimmer!«

Auf dem Weg zur Schiebetür rempele ich Zoe absichtlich an, damit sie aus ihrer Hypnose erwacht. »Los, los, los!«, dränge ich und mache hektische Winkbewegungen in Richtung Wohnzimmer.

Zoe und Finn tun alles, um das aufgetaute Mammut in Bewegung zu setzen, das heißt, sie zerren, drücken und schieben ein bisschen an ihm herum. Aber das Mammut findet anscheinend, dass das ein schönes Spiel ist, und drückt einfach dagegen.

Finn geht aufs Ganze. »Du vorne, ich hinten!«, kommandiert er, und ich glaube, ich sehe nicht richtig, aber im nächsten Augenblick heben Finn und Zoe das Mammut in die Höhe und tragen es weg.

Vielleicht ist es doch ein Faultier, denke ich, während ich zur Haustür spurte und im Laufen meinen Anorak an die Garderobe werfe. Er verfehlt den Haken und landet auf dem Boden. Egal.

Von außen wird ein Schlüssel ins Schloss gesteckt.

»Kleinen Moment, ich mach schon auf!«, rufe ich hektisch, um ein paar Sekunden zu gewinnen. Hinter mir trampeln Zoe und Finn mit dem schaukelnden Mammut in Richtung Treppe.

»Was ist jetzt?«, fragt ungeduldig mein Vater auf der anderen Seite. Sein Schlüssel dreht sich im Schloss.

»Bin schon da!«, krähe ich, zähle bis drei und ziehe im Schneckentempo die Haustür auf.

Mein Vater schaut mich fragend an, aber ich habe nur Augen für meine Großmutter, die hinter ihm, am Arm meiner Mutter, die Stufen hinaufsteigt.

»Granny Scarlett!« Erst jetzt merke ich, wie sehr ich mich auf sie gefreut habe. Allerdings hatte ich sie größer in Erinnerung.

»Henry Louis Edward!« Meine Oma drückt mich liebevoll an ihren faltigen Hals. Ich schnuppere ein bisschen und stelle zufrieden fest, dass sie vielleicht etwas eingeschrumpft sein mag, aber immer noch so riecht wie eh und je. Ich glaube, es ist Lavendel.

Übrigens ist sie der einzige Mensch auf der Welt,

der mich hin und wieder mit all meinen drei Vornamen anspricht. Henry – nach meinem Urgroßvater, den ich nie kennengelernt habe. Louis und Edward – nach irgendwelchen anderen Vorfahren, die alle längst mausetot und begraben sind. Spielt auch keine Rolle, wer genau sie waren. Diese Namen geistern dutzendfach durch den Stammbaum unserer Familie wie Gespenster durch ein englisches Spukschloss.

Ich nehme noch eine Brise Lavendel, ehe ich mich von ihrem Hals löse. Doch meine Granny hält mich mit ausgestreckten Armen an den Schultern fest und blickt mich lange an. Das Alter hat einen feinen Schleier vor ihre Augen gezogen, aber dahinter funkelt es so grün, als könnte man den Schleier jederzeit wegziehen. Schließlich lächelt sie milde und sagt mit ihrer knarzigen Stimme: »Wie außerordentlich wunderbar, dich zu sehen, mein lieber Junge!«

Ich grinse wie ein Honigkuchenpferd, weil ich nicht weiß, was ich darauf antworten soll. Aber wahrscheinlich soll ich auch gar nichts antworten. Meine Oma klopft mir zweimal leicht auf die Schulter, wie zum Zeichen, dass die Begrüßung beendet ist. Dann lässt sie sich von meiner Mutter aus der Jacke helfen, während mein Vater im Laufschritt Gepäckstücke raus- und reinträgt. Er wirkt dabei so geschäftig wie ein Hotelpage, der sich gleichzeitig um ankommende wie abfahrende Gäste kümmert. Den silbernen Rollkoffer meiner Oma schiebt er in unser Gästezimmer im Erdgeschoss. Die Reisetaschen meiner Eltern landen im Kofferraum unseres Autos. Ich weiche unauffällig zur Garderobe zurück, schnappe mir meinen schmutzigen Anorak vom Fußboden und hänge ihn so an den Haken, dass man die Dreckstreifen nicht sieht.

Im ersten Stock rumpelt es verdächtig. Es ist eine unheilvolle kleine Tonfolge: *badabum-badabum-rums!*

Mein wummerndes Herz macht ganz ähnliche Geräusche.

Der Blick meiner Mutter wandert stirnrunzelnd an der Decke entlang, und ich kann nur hoffen, dass sie nicht über Nacht gelernt hat, durch Wände und Decken zu gucken. Sonst würde sie jetzt wahrscheinlich ein außer Rand und Band geratenes Minimammut sehen, das gerade einen Blumentopf von der Fensterbank gefegt hat oder mit Anlauf gegen meine Zimmertür gesprungen ist.

Aber Leute, die durch Decken und Wände gucken können, sage ich mir, die gibt's ja zum Glück nur in magischen Büchern oder in Fantasyfilmen.

Genauso wie Mammuts in Kinderzimmern.

Schwitz.

Ich spüre, dass mir die Röte ins Gesicht steigt. So langsam weiß ich echt nicht mehr, was ich glauben soll und was nicht.

»Sag mal, hast du etwa Besuch, Henry?« Die Stirn meiner Mutter ist wieder glatt geworden. Nur zwei steile Falten über der Nase sind stehengeblieben und erzählen mir, was sie gerade denkt: *Da kommt deine Großmutter extra aus dem fernen England angeflogen, und du holst dir ausgerechnet an diesem Tag Freunde ins Haus.*

»Zoe und Finn sind rein zufällig … also nur ganz kurz …«, stottere ich, als die Augen meiner Mutter so groß werden wie Untertassen. »Oh mein Gott, was ist denn mit deiner Hose passiert?«

Hä?

»Die ist ja ganz kaputt.«

Ach so, das Loch am Knie, wie hatte ich das nur vergessen können?

»Bei uns in Doncaster tragen die jungen Leute auch alle Hosen mit Löchern drin«, meldet sich meine Granny zu Wort. »Manchmal ist da mehr Loch als Hose, aber bei Henry ist ja noch viel Hose übrig.«

»War nur ein kleiner Unfall«, murmele ich kleinlaut.

Mein Vater erscheint in der Haustür. »Hab ich da was von Unfall gehört?«

»Henry hat sich verletzt!« Die Stimme meiner Mutter klingt so dramatisch, als zweifle sie daran, dass ich je wieder gesund werde. »Lass mal sehen.« Ruckzuck sinkt sie auf die Knie und schiebt ganz vorsichtig mein Hosenbein nach oben. »Tut das weh?«

»Nein, Mama, ist echt nur die Hose.« So langsam wird's peinlich. Meine Granny muss mich für den größten Waschlappen aller Zeiten halten.

Doch plötzlich sagt sie mit gebieterischer Stimme: »Kinder, was haltet ihr davon, wenn ihr jetzt einfach losfahrt und alles Weitere mir überlasst?«

Sechs Augen richten sich auf meine Großmutter, die mit ihren grauen Locken und dem eleganten blauen Kleid sehr würdevoll aussieht. An irgendjemanden erinnert sie mich, aber ich komme nicht drauf, an wen. Mit *Kinder* meint sie übrigens Mama und Papa, und ihr »Vorschlag« klingt wie etwas, das keinen Widerspruch duldet.

»Soll ich uns nicht noch schnell einen Tee …?« Meine Mutter hat sich wieder erhoben und deutet vielsagend in Richtung Küche.

»Schnell und Tee passen nicht zusammen«, erklärt meine Granny mit Entschiedenheit. »Außerdem solltet ihr euch jetzt auf den Weg machen, wenn ihr heute noch ankommen wollt.«

»Aber …«

»Henry und ich haben hier alles im Griff«, wischt sie den letzten zaghaften Widerspruch beiseite. »Nicht wahr, mein Junge?«

»Absolut«, versichere ich und versuche, dabei ebenso würdevoll und überzeugend zu wirken wie meine Großmutter.

»Tja dann …« Mein Vater scheint keinen Wert auf weitere Diskussionen zu legen und drückt mich kurz und fest an sich. »Tschüs, Henry, macht euch eine schöne Woche zusammen.«

»Und ruf sofort an, wenn du Schmerzen bekommst«, fügt meine Mutter hinzu. »Manchmal spürt man die erst, wenn der Schock nachlässt.«

Ich stoße ein unwilliges Schnauben aus.

»Du wirst mir so fehlen«, seufzt sie und drückt mir fast die Luft ab. Hinter mir höre ich ein dumpfes »Bye, Mom.« – »Bye, son.«

Sekunden später stehen meine Granny und ich winkend in der Haustür, während meine Eltern seitwärts die Stufen hinuntergehen und eifrig zurückwinken. Auch auf dem Weg zum Auto und beim Einsteigen schwenken sie ihre Hände. Mein Vater lässt den Motor an und fährt die Seitenscheiben runter, damit sie aus den Fenstern winken können.

Meine Granny und ich winken ohne Unterbrechung. So eine Winkerei hab ich in meinem ganzen Leben noch nicht erlebt. Schließlich setzt sich der Wagen in Bewegung und rollt langsam die Straße hinunter. Das Letzte, was ich im Heckfenster erkenne, ist meine Mutter, die sich umgedreht hat und beim Winken ihre Arme überkreuzt wie eine Schiffbrüchige. Dann biegen sie um die Ecke und sind endgültig verschwunden.

Wir lassen erschöpft die Arme sinken. »*Das* wäre überstanden«, murmelt meine Oma und zwinkert mir verschmitzt zu. Und jetzt weiß ich auch, an welche überaus würdevolle alte Dame sie mich erinnert: an die Queen von England.

SAMSTAGABEND

MÖÖP

Wir liegen alle auf dem Fußboden, bei meiner Kommode fehlt eine Schublade, Finn hat zwei blaue Flecken auf dem Bauch und Zoe trägt meine Jogginghose, aber der Reihe nach.

Wenn ich »alle« sage, meine ich übrigens auch »alle«, also drei Kinder und ein Mammut. Meine Oma natürlich nicht. Seit wann liegt die Queen auf dem Fußboden?

Finn erzählt ein weiteres Mal, wie das mit dem *Badabum-badabum-rums* gekommen ist: »Da springt mich das Vieh ...«

»Vieh sagt man nicht«, unterbricht ihn Zoe und tätschelt dem Mammut beruhigend den Rüssel.

»Also da springt es mich plötzlich an wie Pluto, wenn ich aus der Schule komme, und rammt mir seine Stoßzähne in den Bauch. Guckt euch das an!« Finn zieht sein T-Shirt nach oben. Sein nackter Bauch sieht aus, als wären da zwei riesige Tintenkleckse drauf. »Ich dachte echt, ich werd aufgespießt. Wir sind hier doch nicht beim Stierkampf.«

Er späht vorwurfsvoll zum Mammut rüber, das unschuldiger als das unschuldigste Unschuldslamm zwischen uns liegt und leise schmatzt. Dann wackelt es mit dem linken Ohr und hebt seinen buschigen Schwanz, was auch immer das heißen mag. Vielleicht: *Ich wollte dir doch nur ein Küsschen geben.*

»Ich kippe nach hinten und krache volle Kanne gegen die Kommode«, fährt Finn fort. »Tut mir echt leid um die Schublade, Henry.«

Ich mache eine abwiegelnde Handbewegung. »Lässt sich bestimmt irgendwie reparieren.«

Trotz Finns schmerzhafter Begegnung mit den Stoßzähnen ist Zoe schon auf Schmusekurs gegangen. »So, so, kleines Mammut«, säuselt sie und krault es hinter dem Ohr. Unser haariger Zimmergenosse schließt genüsslich die Augen. »Ich glaube, es mag uns.«

»Dich vielleicht«, gibt Finn mit beleidigter Miene zurück.

Zoe hat schon wieder diesen unfassbar verträumten Blick, und ich wundere mich darüber, wie man nur so vertraut mit einem wildfremden Tier sein kann, das vor einem halben Tag noch im Wald rumgelegen hat. Nicht dass mir das Herz in die Hose gerutscht wäre oder so, aber man schläft ja auch nicht alle Tage neben einem ausgebuddelten Minimammut, das so groß ist wie ein Hirtenhund. Irgendwie ist die ganze Situation halb schön und halb unheimlich, und das auch nur, weil Zoe und Finn bei mir übernachten dürfen. Ohne die beiden bekäme ich jetzt das große Zähneklappern, garantiert.

Ich lasse meine Finger vorsichtig durch die verfilzten Zotteln gleiten. Dann kneife ich die Augen halb zu und denke mir den Rüssel und die Stoßzähne weg. Das Ergebnis ist echt erstaunlich, denn wie ich so durch meine halb geschlossenen Lider blinzele, sehe ich neben mir einen ganz normalen Hirtenhund mit fluffigen Schlappohren und langem Fell – vielleicht einen Puli oder einen Bobtail. Ich werde automatisch ruhiger, denn dass Hirtenhunde gutmütig und kinderlieb sind, das weiß doch eigentlich jeder. Nur wer garantiert uns, dass unser Mammut genauso kinderlieb ist?

»Sagt mal ehrlich«, beginne ich und gebe mir große Mühe, ruhig und gelassen zu klingen. »Es macht ja einen ganz friedlichen Eindruck, aber glaubt ihr, dass es auch ... gefährlich werden könnte?«

»Das fragst du noch?« Finn zeigt uns erneut seine dunklen Tintenkleckse. »Diese spitzen Dinger sind echt 'ne Waffe.«

»Es wollte doch nur spielen«, verteidigt es Zoe und wuschelt dem Mammut liebevoll über den Kopf, wie meine Mutter das manchmal bei mir macht. Das Tier öffnet träge ein Auge und klappt es sogleich wieder zu.

»Auf solche Spiele kann ich verzichten!«, mault Finn.

»Es ist eben noch klein und muss erst mal erzogen werden. Junge Hunde muss man doch auch erziehen, damit sie nicht so viel Blödsinn machen und stubenrein werden.«

Das Wort *stubenrein* jagt mir einen ziemlichen Schreck ein. Wenn uns das Rüsseltier hier auf die Bettdecken oder auf meinen Teppich pinkelt, dann weiß ich beim besten Willen nicht, wie ich das meiner Granny erklären soll.

»Aber es ist ja kein Hund, sondern ein Mammut«, wende ich ein. »Und was wissen wir schon über so ein Wesen? Ich meine, bei Hunden kann man einfach im Hundebuch nachgucken, wenn man wissen will, wie die sind. Und die Unterschiede sind echt riesig. Da steht dann bei manchen Rassen: super Familienhund, treu bis in den Tod, fährt gern Auto, braucht aber viel Aufmerksamkeit.«

»Fährt gern Auto?«, fragt Finn skeptisch.

»Natürlich nicht hinter dem Steuer«, antworte ich. »Bei anderen Rassen heißt es dagegen: total sensibel, schnell beleidigt, hat einen nervösen Magen, kotzt bei jeder Gelegenheit in die Ecke.«

»Diese Hunde sind bestimmt der Renner«, kichert Zoe.

»Ich mein ja nur, dass man bei Hunden genug Erfahrung hat, was die so für Eigenschaften haben. Ob sie gutmütig oder aggressiv sind, anhänglich oder Einzelgänger, wie viel Auslauf sie brauchen und so weiter. Aber bei einem Mammut weiß das kein Mensch. Deshalb sollten wir lieber ein bisschen vorsichtig …«

»Deshalb sollten wir jetzt ganz lieb zu ihm sein und uns um seine Erziehung kümmern«, nimmt mir Zoe das Wort aus dem Mund. Sie wirft unserem wuscheligen Minimammut, das leise Schnarchgeräusche ausstößt, einen benebelten Blick zu und spitzt die Lippen, als wollte sie ihm einen Kuss auf den Rüssel drücken. »Wir sind doch jetzt seine *Familie.*«

»Nicht dein Ernst«, brummt Finn.

»Das ist mein totaler und absoluter Ernst!« Zoe kneift die Augen zusammen und zieht kämpferisch die Nase kraus. »Es muss doch irgendwo eine Mama und einen Papa haben und vielleicht auch Geschwister, die es bestimmt ganz schrecklich vermisst.«

Fragt sich nur, wo die abgeblieben sind. In der Steinzeit?

»Also müssen *wir* ihm jetzt ein neues Zuhause geben. Müssen alles dafür tun, dass es kein Heimweh hat. Überlegt doch mal, warum das Mammut unbedingt will, dass wir uns *auch* hinlegen, und warum es sich so dicht an uns rankuschelt.«

Ich gucke von meinem leeren Bett zu den beiden unbenutzten Matratzen an der Wand und denke, dass Zoe wahrscheinlich recht hat. Bevor sich das Mammut vorhin auf die Seite gelegt hat, hat es erst mal Zoe mit dem Kopf auf den Boden gedrückt, aber ganz sanft, und Finn dann ziemlich rabiat die Beine weggezogen. Ich hab mich sicherheitshalber freiwillig hingelegt. Erst danach hat es sich mit einem leisen »Jau« in unsere Mitte gequetscht. Ich glaube nicht, dass schon mal jemand die Mammutsprache erforscht hat, aber dieses »Jau« klang irgendwie ziemlich zufrieden. Vielleicht machen Mammuts das immer so. Alle oder keiner. Wenn eines liegt, müssen alle anderen auch liegen.

Wir haben dann einfach sämtliche Decken und Kissen zu uns herangezogen, weshalb wir uns jetzt so zusammendrängen wie Polarforscher, die in eisigen Höhen ihr winziges Zelt aufgeschlagen haben – wogegen ich nichts einzuwenden habe. Ich finde unser Lager sogar ganz schön gemütlich. Und das Mammut wird sich schon ordentlich benehmen, solange es von Zoe gehätschelt und getätschelt wird.

Allerdings scheint es ein ziemlicher Dickkopf zu sein und will überhaupt nicht, dass sich einer von uns auch nur einen Meter von der Gruppe entfernt, was gewisse Probleme mit sich bringt. Vielleicht betrachtet es uns nicht als seine Familie, denke ich, sondern als seine Herde, von der niemand verloren gehen darf. Manche Hirtenhunde haben ja auch den Trieb, ihre »Herde« zusammenzuhalten.

»Glaubt ihr, dass es schläft?«, flüstere ich nach einer Weile. »Ich muss mal.«

»Kannst dich … drauf verlassen«, antwortet Zoe, deren Stimme von einem Gähnen verzerrt wird. Erst jetzt sehe ich, dass sie den Buckel des Mammuts als Kissen benutzt und beide Arme darumgeschlungen hat. Im Halbdunkel sind ihre blonden Haare von den Mammutzotteln nicht zu unterscheiden.

»Okay.« Lautlos gehe ich auf die Knie und lasse das Mammut dabei nicht aus den Augen. Es atmet tief und gleichmäßig. Bingo. Dann richte ich mich halb auf und schleiche in gebückter Haltung …

»Mööp!«

»Aua!«

Der Rüssel trifft mich wie ein Peitschenhieb und haut mich zurück auf den Boden.

Verflixt, dieses Tier muss einen eingebauten Sensor für zehnjährige Jungs haben, die dringend aufs Klo müssen. Dabei hat es einen Trompetenlaut ausgestoßen, der klingt wie: Stopp! Hiergeblieben!

»Volltreffer«, wiehert Finn und kriegt sich vor Freude über die Mammutwatschen gar nicht wieder ein.

»Sehr komisch«, grummele ich, während Zoe ein sanftes Schlaflied anstimmt: »Schlaf, Mammut, schlaf, der Henry ist ein Schaf …«

Also echt.

Den nächsten Versuch werde ich garantiert erst starten, wenn es so tief schlummert wie ein betäubtes Murmeltier im Winterschlaf. Ich kann warten.

Jedenfalls ein bisschen.

Da das Rüsseltier uns verwehrt, die Vorhänge

vorzuziehen, guckt ein großer weißer Mond zum Fenster rein und gießt sein milchiges Licht über uns. So was hat er bestimmt noch nie gesehen: zwei Jungs, ein Mädchen und ein Mammut, alle mehr oder weniger auf einem Haufen. Einer der Jungs hat sich die Arme zwischen die Beine geklemmt. Das bin ich. Finn macht keinen Mucks mehr. Nur ein zartes rhythmisches Sägen dringt durch die Stille. Ich tippe auf Zoe. Und wenn ich nicht befürchten müsste, mir irgendwann in die Hose zu machen, könnte auch ich jetzt entspannt die Augen schließen.

SONNTAG

EIN HAUSSCHUH WENIGER

Irgendwann in der Nacht hab ich's dann tatsächlich aufs Klo geschafft, ohne von unserem aufgetauten Familienmitglied eins übergebraten zu kriegen. Und als wir heute Morgen aufgewacht sind, hat es so tief gepennt, als läge es wieder in seinem eiskalten Blätter- und Schneehaufen. Nicht mal Zoe gelang es, das Mammut wach zu schmusen.

Wir also nix wie runter in die Küche.

»Einen schönen guten Morgen, die jungen Herrschaften«, begrüßt uns meine Oma, die in einem karierten Wollkleid am Herd steht. Ihre graugrünen

Augen mustern uns freundlich. »War ja ganz schön was los bei euch gestern Abend. Orangensaft oder Kakao?«

»Kakao«, rufen wir im Chor und lassen uns auf drei Küchenstühle plumpsen, vor denen jeweils ein Teller steht.

»Übrigens hat deine Mom gestern noch angerufen, Henry.«

»Echt? Warum denn?«

»Sie wollte wissen, ob dir inzwischen das Bein abgefallen ist.«

Zoe und Finn glotzen sich fragend an und ich grinse in mich hinein. Meine Oma hat echt einen seltsamen Humor. Mein Papa sagt immer, der wäre typisch britisch. Aber wenn das stimmt, dann müsste er ihn ja auch haben, jedenfalls zur Hälfte. Hat er aber nicht. Also ist das wohl doch eine persönliche Sache.

Sie stellt drei Becher Kakao vor uns hin und stützt ihre Hände auf die Tischplatte. »Ach, was ich euch noch sagen wollte …«

Zoe sieht sie erwartungsvoll an, während Finn auf ihre Hände starrt, die aussehen wie uralte Landkarten mit Hügeln und Tälern und blauen Flüssen.

»Ich bin froh, dass Henry so gute Freunde hat, denn gute Freunde sind das Wichtigste im Leben.«

Andächtiges Schweigen.

»Und dass ihr gute Freunde seid, das sieht man auf den ersten Blick. Ja, das sieht man«, wiederholt sie.

Ich nicke wie ein Schaf und frage mich beklommen, ob das wohl eine längere Rede wird.

»Danke, dass Sie meine Mutter überredet haben.« Zoe wickelt sich eine Locke um den Zeigefinger. »Ich meine, dass ich übernachten durfte.«

»Es war mir ein Vergnügen, mein Mädchen. Wenn ich vorher gewusst hätte, wie reizend ihr seid, hätte ich gleich mehrere Tage ausgemacht.«

Mein Mädchen? Das ging aber schnell.

Ich sehe was, was ich noch nie gesehen habe: Zoe wird ein bisschen rot.

»Also, wenn das … rein theoretisch … möglich wäre«, ergreift Finn das Wort. »Dass wir mehrere Tage … weil, bei uns zu Hause, da ist es echt ziemlich voll, und hier, hier ist es ja ziemlich leer … also normalerweise …« Er bläst die Backen auf.

»Von mir aus könnt ihr gerne die ganze Woche bleiben«, entgegnet meine Granny mit einem tiefen gurgelnden Lachen. »Aber das müsst ihr natürlich erst mal mit euren Eltern besprechen. Vielleicht haben die in den Ferien ja schon andere Pläne mit euch.«

Zoe und Finn bedanken sich umständlich und versichern, dass sie von irgendwelchen anderen Plänen nichts, aber auch gar nichts wüssten.

»Wenn ich noch mal Überzeugungsarbeit am Telefon leisten soll, dann sagt mir einfach Bescheid«, fügt sie hinzu und lacht wieder ihr gurgelndes Lachen, das so klingt, als würde das letzte Badewasser im Abfluss verschwinden. Ihre Landkartenhände lösen sich von der Tischplatte.

Mein Herz macht vor Freude einen Luftsprung. Also mindestens einen doppelten Salto. Wenn Finn und Zoe die ganze Woche hierbleiben könnten, wäre das einfach perfekt!

Vor uns liegt eine knifflige Aufgabe, und allein schaffe ich das nie im Leben. Schließlich haben wir ein kleines unvernünftiges Mammut zu erziehen und müssen es quasi in einen folgsamen Hirtenhund mit Rüssel und Stoßzähnen verwandeln. Denn je besser wir es erziehen und je weniger Dummheiten es macht, desto leichter können wir es vor meiner Oma verstecken.

So oder so sollten wir jetzt mal wieder nach oben gehen und nach dem Rechten sehen, überlege ich, denn falls hier gleich ein ausgeschlafenes Mammut die Treppe runterpoltert, sind wir geliefert.

Meine Granny schlurft aus der Küche, und es

dauert keine drei Sekunden, bis Zoe mir zuflüstert: »Echt voll nett, deine Oma!«

Finn mampft ein Honigbrötchen und hebt zur Bestätigung den Daumen.

»Wir sollten jetzt lieber wieder rauf«, flüstere ich über den Tisch hinweg.

»Ja, und dem Mammut was zum Frühstück mitbringen«, wispert Zoe. »Falls es aufgewacht ist.«

»Meint ihr, es mag Nutella?« Finn schneidet ein weiteres Brötchen auseinander und beschmiert beide Hälften mit der braunen Pampe.

»Wir versuchen's auch mit Salami und Käse«, schlage ich vor und packe mir jeweils drei Scheiben auf meinen Teller.

Zoe schnappt sich noch eine Brezel aus dem Brotkorb und knibbelt das Salz ab, ehe wir wieder nach oben abzischen, das Mammutfrühstück auf drei Tellern balancierend.

Als ich mit einer Hand die Tür zu meinem Zimmer aufdrücke, schlägt uns ein betäubender Gestank entgegen. Stellt euch einfach den Affenkäfig im Zoo vor. Natürlich mit zwanzig Schimpansen drin, die so richtig schön vor sich hin muffeln.

Finn ist mit affenartiger Geschwindigkeit beim Fenster und reißt es auf.

»Guckt mal!« Zoe stößt einen kleinen Freudenschrei aus. »Es ist wach!«

Ganz langsam geht sie auf das Mammut zu, das halb unter meinem Schreibtisch liegt und schon mit dem Frühstück begonnen hat. Jedenfalls kaut es auf irgendwas herum. Der Papierkorb ist umgekippt und sein Inhalt – zerknülltes Papier, ein zerbrochenes Lineal und ein angebissenes Schulbrot – liegt über den Boden verstreut. Zoe kniet sich neben das Rüsseltier und ich knie mich neben Zoe. »Guten Morgen, kleines Mammut, hast du gut geschlafen?«, flötet sie und streichelt ihm über den Rücken.

»Frag mal, ob es eine Serviette braucht?«, sagt Finn.

Nicht nötig, denke ich, als ich sehe, dass ihm mein halber Hausschuh aus dem Maul hängt. Bäh, den ziehe ich bestimmt nicht wieder an.

Braune Kulleraugen plinkern Zoe an, ehe das Mammut den Rüssel hebt, seinen Kopf vorstreckt und ihr meinen vollgesabberten Hausschuh vor die Füße legt wie ein wertvolles Geschenk.

»Ist der für mich?«, fragt Zoe verwundert. »Das ist aber lieb von dir.«

»Nee, das ist lieb von *mir*«, mische ich mich ein. »Ich schenk dir nämlich meinen Hausschuh, Zoe. Viel Spaß damit.«

Das Mammut schiebt den Hausschuh mit einem Stoßzahn näher an sie heran. Als Zoe ihn mit spitzen Fingern aufhebt, springt es plötzlich auf und trippelt auf der Stelle. Zoe wirft den lappigen Schuh in Richtung Zimmertür. Mit einem Trompetenstoß stürzt das Mammut hinterher und begräbt ihn unter sich wie einen wehrlosen Feind. Dann saugt es die erlegte Beute mit seinem Rüssel an, der jetzt wie ein Staubsaugerschlauch funktioniert. Der Rüssel schwenkt zur Seite, mein Hausschuh segelt durch die Luft und klatscht Zoe an die Stirn.

»Wieder Volltreffer.« Finn steht immer noch am Fenster und schüttelt ungläubig den Kopf. »Kann mich mal jemand kneifen?«

Zoe wischt sich leicht angewidert über das Gesicht, aber eigentlich glaube ich, dass sie uns nur was vorspielt, weil sie im nächsten Moment loskichert.

Das Mammut zockelt wieder zu seiner Spielgefährtin und schaut sie auffordernd an. Ein klein bisschen ärgere ich mich darüber, dass unser Mammut so auf Zoe fixiert ist. Gefunden hab's ja schließlich *ich* und lasse es auch noch in *meinem* Zimmer übernachten, und was ist der Dank? Ein Hausschuh weniger.

»So, mein Kleiner …«, sagt Zoe wie eine nachsichtige Lehrerin zu einem doofen Erstklässler. »Wir haben dir was ganz Leckeres zum Frühstück mitgebracht. Viel leckerer als so ein oller Hausschuh.«

»Heute Morgen war der noch tipptopp«, murmele ich.

»Ja, guck mal, was wir hier Feines haben.« Sie dreht sich halb um und schaut prüfend die drei Teller an, die auf dem Schreibtisch stehen. Dann nimmt sie ein halbes Nutellabrötchen und hält es dem Tier vor den Rüssel. »Mmmmh, lecker Fresschen«, trällert sie. Ihre Stimme ist ein einziger Singsang. »Das hat dir Onkel Finn mitgebracht.«

»Onkel Finn guckt sich die Löwenfütterung lieber aus sicherer Entfernung an«, teilt Finn mit.

»Du kannst es ja mal mit vernünftiger Sprache probieren«, schlage ich vor. »Ich meine, vielleicht ist es gar kein Baby mehr.«

»Wenn es kein Baby wäre, würde es ja wohl das ganze Zimmer ausfüllen«, gibt sie zurück.

»Na komm, probier doch mal«, flötet Zoe. »Einen Bissen für Onkel Henry ...« Sie hebt behutsam den Rüssel und hält das Nutellabrötchen direkt vor das schmatzende Maul des Mammuts. Doch es beißt nicht rein, leckt nicht einmal daran, sondern fuhrwerkt mit seiner Rüsselspitze schon wieder in Zoes Gesicht rum.

»Nein, nein, lass das!«, sagt sie mit gespielter Strenge. »Jetzt wird gefrühstückt.«

Ich nehme eine Scheibe Käse vom Teller, klappe sie zweimal zusammen und halte sie dem Mammut mit der flachen Hand hin. Und siehe da, der Rüssel streckt sich mir entgegen, die Öffnung weitet sich.

»Soll ich's da reinlegen?«, frage ich das Zotteltier und erhalte natürlich keine Antwort. Es wartet geduldig ab, bis ich mich endlich überwinde und den Käse ganz vorsichtig in die Rüsselöffnung lege, die aus zwei Nasenlöchern besteht. Im nächsten Augenblick zieht es den Rüssel zu sich heran und steckt sich den Käse in den Mund.

»Es hat geklappt!«, rufe ich und sprudele vor Freude fast über. »Es hat den Käse gegessen!«

Zoe schlägt begeistert die Hände zusammen, und auch Finn traut sich endlich zu uns, um das Wunder aus nächster Nähe zu bestaunen.

Das Mammut mümmelt und mümmelt, würgt ein bisschen und spuckt einen schleimiggelben Klumpen auf meinen braunen Teppich. Meine Sprudelblasen zerplatzen.

So was von unappetitlich!

Finn wedelt sich mit einer Hand vorm Gesicht herum und schneidet eine Ekelgrimasse. Dann schnappt er sich eine Salamischeibe, rollt sie auf und lässt sie vor den Stoßzähnen hin und her baumeln. »Wie wär's damit, Kumpel?«

Das Tier glotzt die Salami gelangweilt an, dreht sich dann plötzlich um und stürzt sich erneut wie ein hungriger Löwe auf meinen Hausschuh beziehungsweise auf das, was davon noch übrig ist.

»Die Geschmäcker sind eben verschieden«, stellt Finn achselzuckend fest und stopft sich die Salamirolle in den Mund. »Aber wir sollten darauf achten, dass seine Ernährung nicht zu einseitig wird. Also zum Mittagessen gibt's Turnschuh.«

»Genau, lecker Turnschuh von Onkel Finn«, stimme ich zu.

»Wir werden schon noch das richtige Futter für dich finden.« Zoe tätschelt dem Mammut den Hals. »Aber weißt du was ...« Sie rümpft ihre Nase. »Ehrlich gesagt, bist du ein ziemlicher Muffelbär.«

Das Mammut nuckelt hingebungsvoll an meinem Hausschuh rum, der inzwischen aussieht wie ein ausgelaugter grauer Riesenkaugummi. Jedes Schmatzen wird dabei von einem grummelnden Grunzen begleitet, als würde es leise vor sich hin meckern. Heißt wahrscheinlich: *Selber Muffelbär.*

»Ja, ein Vollbad könnte nicht schaden«, gibt Finn ihr recht. »Vor allem, wenn es weiter in unserer Mitte schlafen will.«

Und ehe sich der Gestank im ganzen Haus verbreitet, denke ich beklommen.

Der Kopf des Mammuts zuckt plötzlich nach oben, gefolgt von drei abgehackten Schmatzern, dann sind die Überreste meines Hausschuhs futsch.

»Wahnsinn!«, staunt Finn. »Jetzt hat's den ganzen Schuh verputzt.«

»Kein Wunder, dass es keinen Hunger mehr hat.« Zoe nimmt sich die Brezel, als hätte sie die bis jetzt für das Mammut zurückgehalten. »Sag mal, Henry, du benutzt das Badezimmer hier oben doch ganz allein, oder?«

Ich nicke und kann mir denken, worauf sie hinauswill. »Vielleicht könnten wir das Mammut ja heute Nachmittag, ich meine, nachdem ihr eure Übernachtungssachen von zu Hause geholt habt …«

»Super Idee! Nachher stecken wir das Tierchen in die Wanne.« Finn ist plötzlich Feuer und Flamme. »Dann machen wir aus unserem verfilzten Muffelbär das schickste Mammut weit und breit und binden ihm noch eine Schleife ins Haar.«

»Für so viel Fell brauchen wir 'ne Menge Shampoo«, gibt Zoe zu bedenken. »Ich guck mal nach, was wir noch zu Hause haben. Du auch, Finn?«

»Klaro. Kann mir aber nicht vorstellen, dass bei uns viel zu holen ist.«

»Also, ich hab noch fast eine halbe Flasche Duschgel«, biete ich an.

Männlich herbe Erfrischung steht hintendrauf. Ich mag den Geruch sowieso nicht.

»Na also. Die reicht doch schon mal für saubere Ohren. Kommst du für ein, zwei Stunden alleine klar, Henry?«, fragt mich Finn.

Ich spähe beklommen zum Mammut rüber, dessen Rüssel sich neugierig an meinem Schulranzen zu schaffen macht. »Glaub schon …«, antworte ich zögerlich, »aber wenn ihr euch beeilen könntet, wäre das echt …«

Verflixt. Ich muss den Kopf wegdrehen, weil meine Unterlippe schon wieder vibriert, als wäre da ein kleiner Motor drin.

Meine Unterlippe ist echt das Allerletzte.

Auf Gummibeinen taumele ich zum Fenster und starre ins Leere. Die Angst überfällt mich wie aus dem Nichts und drückt von hinten gegen meine Augen. Was mache ich nur, denke ich panisch, wenn die beiden doch nicht bei mir übernachten dürfen? Wenn meine Oma unbedingt mit mir spazieren gehen will? Wenn das Mammut eine Fressattacke kriegt und meinen Schulranzen frisst? Jede Menge Fragen wirbeln durch meinen Kopf, und die Vorstellung, plötzlich ganz allein mit dem unberechenbaren Tier zu sein, schnürt mir fast die Luft ab.

Tief durchatmen, Henry. Das Mammut ist kein Mammut, sondern ein Hirtenhund, rede ich mir ein. *So einer, wie du ihn dir immer gewünscht hast.*

Mit der linken Hand halte ich meine Unterlippe fest, bis ich kein Zittern mehr spüre.

»Sei schön brav, kleines Mammut«, höre ich hinter mir Zoes Säuselstimme. »Finn und ich sind bald wieder da.«

Schlagartig lässt der Druck hinter meinen Augen nach. Als hätte Zoe auch mir was Beruhigendes ins Ohr geflüstert. Puh!

»Also dann bis später, und lass dir keine blauen Flecken verpassen!« Finn steht schon an der Tür.

»Viel Spaß mit unserem kleinen Schatz«, ergänzt Zoe und wirft dem Mammut einen wehmütigen Abschiedsblick zu.

Ich versuche zu lächeln, aber wahrscheinlich sieht es so aus, als hätte ich Bauchschmerzen.

Kurz darauf sitze ich mit dem Rücken an der warmen Heizung und komme mir ziemlich verloren vor. Eigentlich würde ich jetzt wahnsinnig gern zu meiner Granny runtergehen, aber das kann ich nicht riskieren, denke ich.

Zwei Meter von mir entfernt liegt das Mammut platt auf dem Bauch, hat alle viere von sich gestreckt und plinkert mich durch die Stoßzähne hindurch an. Manchmal hebt es schnaubend den Rüssel und lässt die Ohren hin und her fliegen, als wolle es lästige Fliegen verscheuchen. Danach platscht der ganze Kopf mit einem wohligen Grunzen zurück auf den Teppich.

»Und, was machen wir jetzt, wir beide?«, frage ich leise.

Das Mammut wackelt mit dem Schwanz und streckt mir schmatzend seinen Rüssel entgegen. Die geweiteten Nasenlöcher tanzen vor meinen Augen.

»Na schön, weil du's bist«, seufze ich und halte ihm meinen zweiten Hausschuh hin. Meinen Schulranzen habe ich immerhin in Sicherheit gebracht. Der Rüssel wickelt sich um den Schuh wie eine Würgeschlange. Dann zieht es ihn zu sich heran, trompetet ein leises »Jau« und nuckelt zufrieden an der weichen Sohle.

SONNTAGNACHMITTAG

VERFOLGUNGSJAGD

Als es eine knappe Stunde später an der Haustür klingelt und ich von oben Finns Stimme höre, balle ich vor Erleichterung beide Fäuste. Das Mammut ist in meinem Zimmer auf Entdeckungstour gegangen und hat ein paar alte Socken unter meinem Bett hervorgezogen. Die hatte ich schon lange vermisst. Andererseits könnte ich's verschmerzen, wenn sich unser zotteliger Vielfraß für Socken zum Dessert entscheidet. Meinen zweiten Hausschuh hat er jedenfalls schneller verschlungen als den ersten. Übung macht den Meister.

Ich schließe rasch die Tür hinter mir und springe die Treppe runter.

»Alles paletti!«, ruft mir Finn entgegen, eine große Sporttasche über der Schulter. »Darf bis nächstes Wochenende bleiben.« Ich bin so erleichtert, dass ich meinem Kumpel einfach um den Hals falle.

»Hey, Vorsicht, mein Bauch!«, stöhnt er.

Ups, hatte ich ganz vergessen.

Meine Granny betrachtet uns schweigend. Ein feines Lächeln umspielt ihre Lippen. »Dann wird die liebe Zoe bestimmt auch nicht lange auf sich warten lassen.«

Obwohl sie eine Küchenschürze trägt, die am Bauch mit Mehl bestäubt ist, sieht sie immer noch sehr vornehm aus. Aber diese Vornehmheit ist nicht alles. Irgendwie kommt sie mir plötzlich jünger vor, tatkräftiger und überhaupt nicht wie eine klapprige Oma, sondern wie eine elegante ältere Dame, die top in Schuss ist und den ganzen Laden hier bestens im Griff hat.

»Kochst du irgendwas?«, frage ich interessiert.

»Ich backe. Damit ihr mal in den Genuss einer echten englischen Spezialität kommt. Lasst euch einfach überraschen.«

Finns Augenbrauen springen vor Freude auf die Stirn. »Da läuft einem ja schon jetzt das Wasser im

Mund zusammen!« Er reibt sich die Hände. »Ich meine, englische Spezialität und so …«

Meine Granny klopft ihm gutmütig auf die Schulter. »Ich hab alle Zutaten von zu Hause mitgebracht. Kann also nichts schiefgehen.«

Kann also nichts schiefgehen, wiederhole ich im Stillen. Hoffentlich gilt das auch für unsere geplante Mammutwäsche. Ohne Zoe können wir die ganze Aktion nämlich in die Tonne treten. Jedenfalls kann ich mir nicht vorstellen, dass sich unser Muffelmammut von jemand anderem die Haare waschen lässt als von seiner einzigen und besten Freundin.

Finn stellt die Tasche ab und hängt seinen Fellmantel an die Garderobe.

»Tja dann … sollten wir … vielleicht mal wieder raufgehen«, sage ich unbeholfen und ärgere mich darüber, nicht irgendeinen lockeren Spruch auf Lager zu haben. Finn ist in solchen Situationen eindeutig schlagfertiger. Und wie der gleich mit meiner Oma quatscht, denke ich neidisch. Ich glaube, das liegt daran, dass er nicht so viel nachdenkt, ehe er den Mund aufmacht. Oder er denkt eben schneller als ich, aber dieser Gedanke gefällt mir auch nicht so richtig.

»Hast du nicht gesagt, deine Oma wäre schon hundertzwanzig?«, raunt er mir zu, als wir nebeneinander die Treppe raufstiefeln.

»War ja nur 'ne grobe Schätzung.«

»Und dass sie fast taub und blind ist?«

»Okay, das war vielleicht ein bisschen übertrieben.«

»Ein bisschen?«, zischt er. »Und woher kann sie eigentlich so gut Deutsch, wenn sie Engländerin ist?«

»Weil sie früher mal in Deutschland gewohnt hat und mit einem Deutschen verheiratet war.«

»Mit dem Vater von deinem Papa?«

Ich nicke. »Yes, Sir.«

»Junge, Junge …« Finn schüttelt den Kopf, als könnte er das alles nicht richtig glauben. »Jedenfalls schwer in Ordnung, deine Nanny.«

»Granny«, verbessere ich. »Das ist Englisch und heißt Oma.« Plötzlich komme ich mir sehr gebildet vor.

»Weiß ich selber, dass das Englisch ist.« Finn stapft vor mir her über den langen Flur, seine zum Platzen volle Sporttasche schleift an der Wand entlang. »Bin ja nicht von vorgestern«, grummelt er. »Wie geht's eigentlich unserem Stinkeschatz?«

»Och, der hat sich inzwischen ganz gut eingelebt«, sage ich leichthin. *Der frisst mir so langsam die Klamotten weg*, könnte ich auch sagen.

Finn stößt die Tür auf und fängt an zu lachen. »Ja, das sieht man, dass er sich gut eingelebt hat.«

Ich dränge mich hinter ihm durch die Türöffnung und traue meinen Augen nicht. Das Mammut steht mit den Hinterbeinen auf meinem abgewetzten runden Lederhocker, hat die Vorderläufe bequem auf dem warmen Heizkörper abgelegt und guckt interessiert aus dem Fenster. Sein Schwanz pendelt gemütlich hin und her wie ein haariger Scheibenwischer.

Der Anblick ist wirklich zum Lachen, aber dann fällt mir siedend heiß ein, dass man vom klotzigen Wohnblock gegenüber freie Sicht auf unser Dachgeschoss hat. Da wohnen bestimmt jede Menge Rentner drin, die am Sonntag auch nichts Besseres zu tun haben, als aus dem Fenster zu glotzen, womöglich mit dem Fernglas. Und wenn die plötzlich zwei Stoßzähne und einen Rüssel vors Objektiv kriegen, dann drehen die bestimmt durch vor Aufregung und setzen ein bewaffnetes Sondereinsatzkommando der Polizei in Bewegung – kennt man ja aus Krimis, so was.

»Ja, gehst du da runter!«, rufe ich wie von der Tarantel gestochen, springe auf das Mammut zu und klatsche zweimal laut in die Hände.

Im nächsten Moment weiß ich, dass das mit dem Klatschen ein gewaltiger Fehler war. Vielleicht haben Mammuts ja empfindliche Ohren oder sind gegen jede Art von Hektik allergisch. Jedenfalls sträubt sich sein Fell, als es zusammenzuckt, seinen stämmigen Körper herumwirft und einen Riesensatz macht, um sich vor mir in Sicherheit zu bringen. Als Nächstes macht Finn einen Riesensatz, um sich vor dem Mammut in Sicherheit zu bringen, das – *rums* – direkt auf meinem Schreibtischstuhl landet.

Sich ausgerechnet einen Drehstuhl als Landeplatz auszusuchen, ist natürlich keine gute Idee, aber woher soll so ein unerfahrenes Mammut auch wissen, was ein Drehstuhl ist. Jedenfalls wirbelt der Stuhl sofort im Kreis herum, und zwar mit einem Affenzahn, und das Mammut wirbelt mit und reißt seine braunen Kulleraugen auf. *Hilfe, lasst mich runter!*, steht in ihnen geschrieben. Seine Schlappohren rotieren wie fluffige Propeller, während es ein ängstliches Quieken ausstößt. Nach drei, vier rasenden Umdrehungen wird es in den Raum katapultiert, überschlägt sich mit strampelnden Beinen, rappelt sich panisch auf und stürmt aus der offenen Tür.

Verdammt, wer hat denn die Tür aufgelassen?

Immer der, der fragt.

Finn und ich nehmen sofort die Verfolgung auf, während das Mammut schon den halben Flur hinuntergerast ist und mit Karacho um die Ecke biegt. Mir bleibt schier das Herz stehen bei dem Gedanken, es könnte geradewegs die Stufen runterpoltern und meine arme Granny auf die Hörner nehmen.

Tu es nicht!, flehe ich das Mammut im Stillen an und krache im nächsten Augenblick in Finn rein – *autsch!* –, der am Treppenabsatz eine Vollbremsung hingelegt hat. Wir werfen einen ohnmächtigen Blick nach unten, wo das Mammut gerade die letzten Stufen hinunterhoppelt. Für eine Zehntelsekunde sind wir wie gelähmt, dann stürzen wir hinterher.

Das Blut pocht in meinen Ohren, während ich schon mal mein Geständnis einübe: *Ich wollte es dir ja gerade erzählen. Bitte, bitte, liebe Granny, verpetz mich nicht bei Mama und Papa. Das Mammut ist eigentlich ganz lieb, du wirst sehen. Wir müssen es nur ein bisschen erziehen.*

Aber, oh Wunder, meine Granny ist nirgends zu sehen. Vielleicht ist sie auf dem Klo oder im Keller oder doch tauber, als ich dachte.

Finn verfolgt das Mammut ins Wohnzimmer, und ich schlage die entgegengesetzte Richtung ein, um ihm den Weg abzuschneiden. Bei uns im Erdgeschoss kann man nämlich super im Kreis laufen: vom Eingangsbereich ins Wohnzimmer, von dort durch den offenen Türbogen ins Esszimmer und weiter auf den Flur, der an Küche und Treppe vorbeiführt und nach rechts abknickt, bis man wieder an der Haustür ankommt.

Doch unser ausgebüxtes Mammut scheint sich mit Verfolgungsjagden auszukennen und mit allen Wassern gewaschen zu sein. Als ich ins Wohnzimmer stolpere, hat es sich bereits unter das Sofa verkrochen und plinkert uns schadenfroh an. Wahrscheinlich streckt es uns unter dem Rüssel sogar die Zunge raus.

Na warte!

Finn kniet sich hin und redet ihm gut zu.

»Vielleicht kannst du's an den Stoßzähnen rausziehen«, schlage ich vor.

Finn zeigt mir einen Vogel.

»Pst, sei mal leise!« Ich halte mir den Zeigefinger vor die Lippen. Mit wummernden Herzen lauschen wir in die Stille. Noch immer ruft keine knarzige Granny-Stimme, was wir hier eigentlich für ein Höllenspektakel veranstalten. Ich spähe ängstlich zwischen der Wohnzimmertür und dem Durchgang zum Esszimmer hin und her, ob irgendwo ihr grauer Lockenkopf auftaucht.

»Hilf mir lieber mal!«, ächzt Finn. Er hat damit begonnen, das Sofa von der Wand abzurücken, aber darauf scheint das durchtriebene Tier nur gelauert zu haben. Jedenfalls quetscht es sich bei der erstbesten Gelegenheit zwischen Wand und Sofa durch, hopst über ein niedriges Tischchen hinweg, wobei es eine Vase mit Tulpen umwirft, und galoppiert in Richtung Haustür.

Gelbe Blütenblätter segeln durch die Luft, das Blumenwasser läuft über die Tischplatte. Hastig wische ich ein bisschen Wasser zurück in die Vase und stopfe die nackten Stiele hinein. Dann hetze ich hinter unserem Ausreißer her, während Finn fluchend das Sofa wieder an die Wand schiebt.

Als ich an der Kellertür vorbeizische, öffnet sie sich knarrend. Oh nein! Meine Granny kommt mit einer Flasche Mineralwasser heraus und zuckt so heftig zusammen, dass sie die Flasche fast fallen gelassen hätte. »Herr im Himmel, was hast du mich erschreckt, Junge!«

Im nächsten Augenblick wird sie beinahe von Finn umgerannt, der entschuldigend die Hände hochreißt.

»Sagt mal, was treibt ihr da eigentlich?«, ruft sie irritiert.

»Wir suchen was!«, rufe ich über die Schulter zurück. Nur ein paar Schritte vor mir verschwindet der buschige Mammutschwanz um die nächste Ecke.

»Und warum müsst ihr so rennen?«

»Damit wir's schneller finden!«, krähe ich und denke im selben Moment, oh Mann, was für eine beknackte Antwort. Finn zeigt mir den »Scheibenwischer«. Aber stimmt doch! Je länger wir hier im Kreis rennen, desto mehr läuft uns die Zeit davon. Es kann sich nur noch um Sekunden handeln, bis unser Mammut an meiner Granny vorbeiprescht, und dann ist Feierabend!

Doch das Mammutgetrampel ist plötzlich verstummt. Keuchend bleiben wir stehen und tauschen ratlose Blicke. Anscheinend hat sich unser kleiner Racker irgendwohin verkrümelt. Vielleicht ist er den langen Gang runtergesaust, denke ich und hoffe inständig, dass meine Granny die Tür zu ihrem Gästezimmer geschlossen hat.

»Hey!« Finn stupst mich in die Seite und zeigt mit großen Augen zum Vorhang vor der Terrassentür, der halb zugezogen ist. Eine behaarte Rüsselspitze mit zwei identischen Nasenlöchern lugt darunter hervor. So, mein Kleiner, denke ich grimmig, jetzt ist Schluss mit lustig.

Aber wo ist meine Oma abgeblieben? Ich schleiche rasch zur Wohnzimmertür und blicke in Richtung Küche, aus der ein leises Klappern zu hören ist. Das ist unsere Gelegenheit!

Auf leisen Sohlen schieben wir uns näher an den Vorhang heran und machen uns so breit, dass es uns unmöglich wieder durch die Lappen gehen kann.

Angespannt schieben wir den Vorhang zur Seite und rechnen jeden Moment mit einem neuen Ausbruchsversuch unseres unberechenbaren Zotteltiers. Doch offenbar hat es genug von der Verfolgungsjagd und schaut uns so unschuldig an, als könnte es kein Wässerchen trüben. *Schön, euch zu sehen*, sagt dieser Blick. *Aber ich spiel nicht mehr mit.*

Erleichtert stoße ich die Luft aus. Jetzt müssen wir es nur noch unbemerkt an der Küche vorbeischleusen und wieder nach oben bugsieren. Das heißt, einer lenkt meine Oma ab, während der andere …

Eine knarzige Stimme reißt mich aus meinen Gedanken: »Und? Habt ihr gefunden, wonach ihr gesucht habt?«

Hektisch reiße ich den Vorhang wieder zu und wirbele herum. Finn und ich stehen Schulter an Schulter, um das zu verbergen, was möglichweise unter dem Vorhang hervorlugt.

Mein Herz hämmert so laut, dass man es im ganzen Haus hören müsste. Finn lacht übertrieben und macht eine wegwerfende Handbewegung. »Ach, das! Ja, das haben wir längst, äh …«

»Gefunden«, ergänze ich. »Wir haben's gefunden. Alles okay, Granny.« Eine Schweißperle läuft mir den Nacken runter. Zum ersten Mal habe ich das Gefühl, dass wir nicht nur unsere eigenen, sondern auch ihre Nerven ziemlich strapaziert haben.

Sie schaut von mir zu Finn und wieder zurück. Kneift leicht ihre Augen zusammen. Irgendeine Erwiderung scheint ihr auf der Zunge zu liegen. »Dann ist ja gut«, sagt sie schließlich, dreht sich um und geht aus dem Zimmer.

EINE RUNDE KUSCHELN

Unseren kleinen Ausreißer wieder nach oben zu bringen, war echte Schwerstarbeit. Ist ja auch kein Wunder. Wahrscheinlich wollte er nicht wieder in die Enge meines Zimmers zurück, nachdem er festgestellt hat, wie schön groß unser Haus ist und wie toll man da im Kreis laufen kann. Jetzt hat er sich unter meinen Schreibtisch zurückgezogen und starrt uns mit einem beleidigten Ihr-könnt-mich-mal-Blick an.

Ich gehe vor ihm auf die Knie und möchte ihm eigentlich zur Versöhnung den Kopf streicheln, aber das traue ich mich nicht. Wer weiß, zu welchen Kurzschlussreaktionen so ein aufgeschrecktes und beleidigtes Steinzeittier in der Lage ist.

Deshalb fange ich mit leiser und ruhiger Stimme an zu reden: »Es tut mir leid, kleines Mammut, aber ich wollte dich wirklich nicht erschrecken.«

»Jetzt klingst du fast wie Zoe«, bemerkt Finn, der in seiner Tasche kramt.

»Ich wollte nur nicht, dass du zu lange aus dem Fenster guckst«, erkläre ich dem Mammut unter dem Tisch. »Wegen der Rentner und so.«

Bei dem Wort Rentner stößt es ein verächtliches Schnauben aus, als wollte es sagen: *Pah, die sehen doch eh nichts.*

»Und das mit dem Schreibtischstuhl, das konntest du ja nicht wissen. Guck mal, den schieben wir jetzt ganz weit weg, damit nichts mehr passieren kann.« Ich rolle den Stuhl in die entgegengesetzte Ecke, gehe zu meinem Schreibtisch zurück und lege mich flach auf den Bauch.

»Ey, was redest du da eigentlich für einen Stuss?«, sagt Finn. »Schließlich ist das ein Mammut und kein Professor.«

»Natürlich versteht es die Wörter nicht«, räume ich ein, »aber vielleicht versteht es ja trotzdem irgendwie … was ich meine.« So richtig glaube ich zwar selbst nicht daran, aber das Mammut schaut mir jetzt so aufmerksam in die Augen, als würde es ganz genau zuhören. Plötzlich ist da eine unsichtbare Verbindung zwischen uns, deshalb rede ich einfach weiter: »Zoe hat gesagt, dass du jetzt zu uns gehörst und wir dich nur ein bisschen erziehen müssen. Willst du das auch?«

Das Mammut legt den Kopf auf die Seite und rutscht ein bisschen näher an mich heran. Ich strecke im Liegen die Hand aus und berühre ganz sanft seinen Rüssel.

»Willst du zu uns gehören? Zu Zoe, zu Finn und zu mir?«

Der Rüssel schlappt plötzlich nach vorne und gibt mir eine Backpfeife.

»Hey, du Frechdachs. Soll das etwa die Antwort sein?« Ich setze mich auf und reibe mir die Wange.

Der Rüssel tanzt jetzt vor mir hin und her wie die betrunkene Schlange eines Schlangenbeschwörers, während sich das Mammut aus seinem Versteck herausschiebt und mich so komisch ansieht. Man braucht schon ein bisschen Übung, um den Gesichtsausdruck eines Mammuts zu deuten, aber so langsam hab ich den Bogen raus, und diesen Gesichtsausdruck könnte man ungefähr so übersetzen: *Ich vergebe dir die Sache mit dem Drehstuhl, Henry.*

Und das mit den Tulpen tut mir leid. Wie wär's zur Versöhnung mit einer Runde Kuscheln?

Also, ich weiß ja nicht, aber dann setzt es mir ohne zu fragen seinen Vorderfuß auf die Brust und drückt mich nach hinten.

»Finn, ich brauch mal deine … HILFE!!«, ist alles, was ich rausbringe, weil ich im nächsten Augenblick unter einem Berg muffelnder Zotteln begraben werde. Etwas Feuchtes, Warmes schleckt grunzend an meinem Ohr. *Mahlzeit!* Ich greife mit beiden Händen um die spitzen Stoßzähne, um mich nicht zu verletzen. Das alles ist ein bisschen schön und ein bisschen aufregend und ein bisschen schauerlich, aber vor allem schön. Sehen kann ich nichts, doch mit meinem trockenen Ohr höre ich Finns schadenfrohe Stimme: »Da hast du Onkel Henry ja richtig platt gemacht.«

Das Mammut liegt mit seinem ganzen Gewicht auf mir drauf, macht sich natürlich extraschwer und stößt ein wohliges »Jau!« aus. Und dieses Jau, das weiß ich genau, ist die Antwort auf meine Frage.

* * *

Als Zoe später ins Zimmer kommt, hat sich's schon lange ausgekuschelt. Über der Schulter trägt sie einen kleinen Rucksack, was mich gleich misstrauisch macht.

»Was hat deine Mutter gesagt?«

»Eine Nacht darf ich noch, aber wahrscheinlich nicht länger.« Sie stellt nachdenklich den Rucksack ab, geht vor dem Mammut in die Knie und rüttelt zärtlich an seinen Stoßzähnen. »Wie geht's denn unserem kleinen Schatz?«

»Dem geht's glänzend«, antwortet Finn. »Frag lieber, wie's Onkel Henry geht.«

»Wieso?«

»Ach, hab mir irgendwie den Hals verrenkt«, sage ich und streiche mir mit einer vielsagenden Geste über den Nacken. Einzelheiten will ich lieber nicht verraten. Am Ende wird Zoe noch eifersüchtig.

»Guck mal, was ich dir mitgebracht habe!« Sie schüttelt zwei große Plastikflaschen aus ihrem Rucksack, die beide noch mindestens halb voll sind. Die Flaschen klackern vor dem Mammut auf den Boden. Sofort fährt es den Rüssel aus und schnappt sich das Anti-Schuppen-Shampoo.

»Nein, nein, gib das her!« Zoe fasst entschlossen um den Rüssel und kann das Mammut im letzten Moment daran hindern, sich die ganze Shampooflasche in den Mund zu stecken.

»Super, dann haben wir jetzt vier Stück«, sagt Finn und zieht eine große goldene Flasche aus seiner Tasche, auf deren Etikett ein orientalisches Schloss oder so was abgebildet ist. »Dusch-Peeling Tausendundeine Nacht. Mit Massage-Effekt«, liest er vor. »Hab ich meiner großen Schwester gemopst.«

»Peeling ist was zum Hautabrubbeln«, stellt Zoe fest.

»Wird ja wohl nicht so genau drauf ankommen«, gibt Finn zurück. »Und gegen eine Massage wird unser Mammut bestimmt nichts einzuwenden haben. Hauptsache, es riecht nachher so wie meine Schwester nach dem Duschen, also jedenfalls ein bisschen.«

»Hat meine Oma eigentlich irgendwas zu dir gesagt?«, erkundige ich mich skeptisch bei Zoe.

»Was?«

»Na, dass wir ein bisschen viel Krach gemacht haben oder so?«

»Nö, aber sehr lecker gerochen hat's da unten.«

»Ist eine englische Spezialität«, erklärt Finn.

»Echt?« Zoe schaut ihn überrascht an.

»Dann lasst uns jetzt gleich mal Wasser einlassen«, drücke ich auf die Tube. »Was meinst du, Zoe? Sollen Finn und ich das machen, während du das Mammut in die richtige Stimmung bringst?«

»Wie, in die richtige Stimmung?«

»Ich meine, damit es nachher ganz entspannt ist, bevor es in die Wanne steigt. Vielleicht sind Mammuts ja wasserscheu.«

»Genau. Erzähl ihm ein paar Mammut-Witze und zieh ihm schon mal seinen Bademantel an«, sagt Finn. »Henry und ich regeln das mit der Wanne.« Er schnappt sich die drei Shampooflaschen. »Bis gleich.«

Sekunden später beuge ich mich über den Wannenrand und drehe den Hahn auf, während Finn ein Badethermometer mit Froschgesicht begutachtet. »Guck mal, bei 37 Grad ist hier ein Baby abgebildet. Meinst du, das gilt auch für Mammuts?«

»Keine Ahnung.« Ich kippe schon mal meine männlich herbe Erfrischung hinein. Weg ist weg. Das Wasser färbt sich tintenblau. Finn schmeißt das Froschthermometer hinterher, das fröhlich auf den Schaumwellen schaukelt. Im Bad breitet sich ein männlich herber Duft aus.

Als Finn unserer mächtig schäumenden Bademischung das Anti-Schuppen-Shampoo und das cremefarbene Dusch-Peeling hinzufügt, geht die Tür auf und Zoe führt das Mammut feierlich herein. »Oh, das riecht ja ganz ganz fein hier«, trällert sie mit ihrer Babystimme. Eine Mutter, die ihr Kind am ersten Schultag in die Klasse bringt, könnte nicht stolzer aussehen. Auch unser haariger Abc-Schütze macht einen pflichtbewussten Eindruck und trabt folgsam bis zum Wannenrand. Sein rötlich braunes Fell spiegelt sich in den blitzenden Armaturen.

Zoe wölbt die Hand, nimmt ein bisschen Schaumwasser aus der Wanne und reibt unserem Badegast die Brust ein. »Na, wie gefällt dir das?«

Das Mammut wackelt mit dem Schwanz und tastet mit der Rüsselspitze neugierig den Wannenrand ab. Dann flutscht der Rüssel plötzlich ins Wasser, schlenkert wieder raus und spritzt – *platsch!* – eine riesige Fontäne gegen das beschlagene Fenster.

»Ach, du Dummerchen!«, ruft Zoe nachsichtig, während ich einen beeindruckten Blick auf die überflutete Fensterbank werfe. In so einen Rüssel passen bestimmt mehrere Liter.

»JAU!« Unser Mammut scheint schwer begeistert zu sein, dass wir ihm so viel flüssige Munition zur Verfugung stellen. Sofort besorgt es sich die nächste Spritzladung, die nur Zentimeter an Finns Kopf vorbeifliegt und gegen die Duschkabine klatscht. Der ganze Boden schwimmt bereits. Wir zerren uns die nassen Socken von den Füßen. Hätten wir eigentlich auch früher draufkommen konnen.

Das Mammut ist jetzt voll in seinem Element und kann sich anscheinend nichts Schöneres vorstellen, als das ganze Badezimmer unter Wasser zu setzen. Es macht seltsame Luftsprünge, stößt dabei quietschende Laute aus und schlittert auf seinen stämmigen Füßen über die glitschigen Fliesen. Schon saust der Rüssel wieder in Richtung Wanne, doch Zoe fängt ihn in der Luft ab.

»Stopp, jetzt ist Schluss!« Zoes Stimme ist vom Dachboden in den Keller gerutscht. Sie klemmt sich den Rüssel unter den Arm und klopft dem Mammut mit dem Zeigefinger an die Stirn, als würde sie an eine Tür klopfen. »Jetzt. Ist. Schluss!«, wiederholt sie streng und wirft unserem übermütigen Mammut einen warnenden Blick zu. Es legt schmatzend den Kopf auf die Seite.

Da sich die Wanne ein bisschen geleert hat, lasse ich noch mal Wasser nachlaufen und kippe das letzte Shampoo – *Für seidigen Glanz bis in die Spitzen* – hinein. Einmal umrühren. Fertig.

Zoe hat den Rüssel wieder freigegeben, der schlapp nach unten hängt. »Braves Mammut.« Sie führt das Zotteltier an die Wanne, nimmt einen Vorderfuß und stellt ihn auf den Rand. Dann schaufelt sie ein bisschen Wasser heraus und reibt es zwischen seine Zehen. Das Mammut glotzt unschlüssig auf seinen nassen Fuß und lässt wie nebenbei den Rüssel ins Wasser gleiten.

»Na, na, na!«, mahnt Zoe.

Das Mammut plinkert sie unschuldig an, zieht den Rüssel wieder heraus und spritzt das Wasser zurück in die Wanne.

Zoe nickt. »Geht doch.« Sie stellt auch den zweiten Zottelfuß auf den Rand. Das Tier steht nun ungefähr so da wie vorhin an meinem Fenster und starrt unschlüssig auf das weiße Schaumgebirge.

»Sollen wir ein bisschen nachhelfen?«, fragt Finn leise.

Zoe denkt kurz nach und nickt. »Ich glaube, anders geht es nicht.«

Finn und ich tauschen besorgte Blicke: *Wenn das mal gut geht.* Dann nehmen wir je ein Hinterbein und Zoe beginnt zu zählen: »Eins, zwei ...« Bei drei stemmen wir unser Bademammut nach oben und schieben es mit vereinten Kräften über die Kante.

Mit einem gigantischen Platscher versinkt es im Schaumbad und auf einmal ist richtig Leben in der Bude. Quiekend strampelt es mit den Beinen. Aber der Boden der Wanne ist so glatt, dass die Füße keinen Halt finden und bei jedem Schritt ausrutschen. Das Mammut rotiert wie ein Riesenhamster in einem Riesenhamsterrad und schnauft wie eine Dampflokomotive. Tropfen und Schaumfetzen fliegen durch die Luft, während der Rüssel wild um sich schlägt und dabei zufällig den Knopf für die Blubberdüsen trifft.

Der Motor brummt los. Hilfe, auch das noch. Es fängt mächtig an zu blubbern, und wir fangen mächtig an zu brabbeln, nämlich alle durcheinander, um das Mammut irgendwie zu beruhigen: »Ist doch nur Wasser ... ganz ruhig, mein Kleiner ... gewöhn dich erst mal dran ... Zoe ist bei dir ... toll, du kannst ja schon richtig schwimmen ... guck mal, wie schön das ist ...«

Ich schalte das Geblubbere wieder aus, und siehe da, unsere Worte haben tatsächlich gewirkt. Allmählich freundet sich unser Mammut mit seiner neuen Umgebung an. Kann natürlich auch sein, dass es langsam müde wird oder begreift, dass so ein Schaumbad doch eigentlich eine feine Sache ist. Es klimpert ein paar Mal mit den Augen und stößt einen tiefen Seufzer aus, als wollte es sagen: *Na, ihr macht mir Spaß!*

Dann liegt es plötzlich ganz still. Nur sein Kopf und die Stoßzähne schauen heraus. Wir streichen ihm zu dritt über den Rücken, der sich direkt unter der dünnen Schaumschicht befindet. Ein paar rotbraune Haare schlängeln sich wie Algen an der Oberfläche.

»Wie lange sollen wir das Shampoo denn einwirken lassen?«, frage ich und suche auf meiner Duschgelflasche nach einem Hinweis.

»Noch ein paar Minuten«, antwortet Zoe und beginnt wie nebenbei, die Ohren des Mammuts einzuseifen. »Hast du eigentlich einen Föhn?«

»Ja, aber das dauert doch Stunden …«

»Willst du's lieber klatschnass in deinem Zimmer rumlaufen lassen?«

Auch wieder wahr.

»Außerdem sollten wir's gleich noch mal abduschen«, bemerkt Finn, der sich die Hosenbeine bis zu den Knien aufgekrempelt hat. »Damit das ganze Zeug nicht in seinem Fell kleben bleibt.«

Als wir schließlich das Badewasser ablaufen lassen, tätscheln Finn und ich das Mamut weiter, damit es ruhig bleibt und nicht plötzlich aus der Wanne springt.

Zoe steht mitten im Raum und hält den Duschkopf in der Hand. »Mist, länger ist der Schlauch nicht.«

»Egal, dann duschst du das Mammut eben von da aus«, entgegne ich. »Ist sowieso schon alles nass hier.«

Wir machen einen Schritt zur Seite und Zoe dreht den Duschhahn auf. In hohem Bogen lässt sie es auf unser durchnässtes Mammut regnen. Das schaukelt gemächlich hin und her, lässt sich aber willig abduschen. Schmutziges Seifenwasser verschwindet gurgelnd im Abfluss. Auf dem weißen Wannenboden hat sich jede Menge Dreck angesammelt. Ist ja auch kein Wunder, wenn man sonst nie badet. Ich laufe rüber zur Kommode und nehme den Föhn aus der Schublade, als es sich plötzlich schüttelt wie ein nasser Hirtenhund. Die Tropfen sprühen in alle Richtungen. Wir springen kreischend auseinander.

»Fast trocken!«, stellt der nasse Finn beeindruckt fest, als er mit seinen Fingern durch die frisch gewaschenen Zotteln streicht. »Und wie das duftet.« Er schnuppert daran. »Na ja, noch nicht ganz wie meine Schwester, aber besser als vorher.«

Zoe hat ihre Haarbürste geholt und wirft den Föhn an. Das Mammut schließt die Augen und brummt vor sich hin, während sie die Bürste behutsam durch sein Fell zieht und ein paar Knoten herauskämmt. Die geföhnten Haare haben tatsächlich einen seidigen Glanz bekommen und Schuppen dürfte unser Mammut jetzt auch nicht mehr haben. Da sage noch einer, in der Werbung wird nur gelogen.

»Und wo bleibt die Schleife?«, frage ich Finn.

»Hab was Besseres«, antwortet er, flitzt aus dem Bad und kommt im nächsten Moment mit zwei

Tennisbällen wieder, die an einer Seite aufgeschlitzt sind. »Reine Vorsichtsmaßnahme«, fügt er hinzu und steckt die Bälle auf die Stoßzähne.

Das Mammut lässt sich von Zoe aus der Wanne helfen, dreht sich einmal im Kreis und stolziert wie eine Schönheitskönigin durch den Raum, während wir uns mit Handtüchern die Haare trocken rubbeln.

Auch die Tennisbälle scheinen es nicht zu stören. Im Gegenteil. Es drückt sie ein paar Mal sanft gegen die Wand, als wollte es ausprobieren, wie sich das anfühlt.

Badeaktion gelungen. Ich kippe das Fenster. Den Boden aufwischen können wir auch später.

Als wir kurz darauf in meinem Zimmer sitzen – das Mammut gemütlich vor der Heizung und wir daneben –, fasst Finn mal wieder die Lage zusammen: »Das glaubt uns doch kein Mensch. Da buddeln wir so ein Steinzeittier im Wald aus, bringen es nach Hause und tauen es vor dem Kamin auf. Dann verstecken wir es in Henrys Zimmer, während seine Oma, die angeblich auch aus der Steinzeit stammt, hier einzieht und …«

»Pst, sei mal leise!«, unterbricht ihn Zoe und hält ihn am Arm fest.

Auf dem Flur sind schlurfende Schritte zu hören und jedes Schlurfen verursacht bei mir einen Extra-Schweißausbruch. Meine Oma wird doch wohl nicht zu uns nach oben … Fieberhaft schaue ich mich nach einem Versteck für das Mammut um, doch schon dringt eine knarzige Stimme zu uns herein: »Henry Louis Edward?«

Im Bruchteil einer Sekunde bin ich an der Tür, öffne sie einen Spaltbreit und quetsche meinen Kopf durch die Öffnung. Das faltige Gesicht meiner Granny ist nur Zentimeter von meinem entfernt. Ihre grünen Augen funkeln mich halb belustigt, halb verständnislos an. »Wenn du so liebenswürdig wärst, die Tür etwas weiter aufzumachen, dann komme ich vielleicht mit dem Tablett durch«, sagt sie.

Ich ziehe meinen Kopf wieder raus und werfe meinen Freunden einen panischen Blick zu. Zoes Mund macht eigenartige Verrenkungen. Anscheinend will sie mir was sagen, ohne sprechen zu müssen, aber ich verstehe natürlich kein Wort. Finn schiebt sich direkt vor das Mammut und macht sich so breit wie möglich, aber was soll das schon nützen, denke ich ohnmächtig.

Alles aus und vorbei. Wir sind ertappt. Wahrscheinlich hat meine Granny unten die zerfetzten Tulpen gesehen, jede Menge Mammuthaare gefunden und zwei und zwei zusammengezählt. Gleich wird sie meine Eltern anrufen, um ihnen mitzuteilen, dass ich mir in ihrer Abwesenheit ein fremdes Tier ins Haus geholt …

»Sag mal, soll ich dich persönlich da wegtragen?«

»Entschuldigung, Granny«, murmele ich und mache den Weg frei.

»Verbindlichen Dank.« Sie trägt ein Tablett herein, auf dem sich etwa zehn kreisrunde Brötchen mit weißer Creme und gelber Marmelade befinden. »Scones mit clotted cream und lemon curd!«, verkündet sie mit lauter Stimme, als wäre sie die Oberkellnerin eines piekfeinen Restaurants.

»Ah, die eng… englische Splez… Spezialität«, stottert Finn, der ziemlich blass um die Nase geworden ist.

»Du liebe Güte, ihr seht ja halb verhungert aus«, sagt meine Granny. »Höchste Zeit, dass ihr was in den Magen kriegt.«

Plötzlich fühle ich mich so schlapp, als hätte mir jemand die Luft rausgelassen. »Wir … wir haben es im Wald gefunden …«, setze ich kleinlaut zu einer Erklärung an. Zoe tritt mich gegen's Schienbein.

Meine Granny stellt das Tablett ab, legt den Kopf schief und sieht mich fragend an. »Was habt ihr im Wald gefunden?«

»Na, das da.« Ich zeige auf das Mammut. Glaube ich zumindest. Aber da sitzt nur Finn. Das Mammut dahinter hat sich total verändert. Stocksteif liegt es auf dem Bauch und macht keinen Mucks. Die frisch gewaschenen Haare sehen stumpf und grau aus. Wie bei einem alten, ausrangierten Teppich.

SO WAS VON EGOISTISCH

»Was … was hat das zu bedeuten?«, stottert Zoe entgeistert, nachdem meine Granny wieder verschwunden ist. Sie hat sich vor das Mammut hingehockt und tastet ungläubig seinen Kopf und seine Stoßzähne ab. »Es ist total starr.« Zoes ängstliche Stimme ist eine Oktave nach oben geflutscht. »Fühlt doch mal.«

Ich lasse eine Hand durch die geföhnten und gekämmten Zotteln gleiten, die sich kalt und struppig anfühlen. Der Körper darunter ist so hart wie damals, als wir es gefunden haben. Doch während ich das tue, kehrt die Wärme in seinen Körper zurück, und alles ist wieder wie vorher. Es ist fast wie ein Zaubertrick.

»Habt ihr das auch gesehen?« Finn verstrubbelt sich ungläubig die Haare. »Ich meine, es sah aus wie tot, und jetzt ist es wieder lebendig.«

»Es war auch ganz kalt.« Ich halte meine Hand vor sein Maul, spüre den warmen Atem, der daraus entweicht. »Du hast es doch auch gespürt, Zoe.«

»Ja, schon, aber ...« Zoe stößt ein abgehacktes Lachen aus. »Das kann doch gar nicht sein. Wir müssen uns da was eingebildet haben.« Sie drückt unserem Mammut einen erleichterten Schmatzer auf den Rüssel. »Und ich hatte schon solche Angst um dich.« Das Mammut lässt seine Rüsselspitze quer über Zoes Gesicht tanzen, als wollte es sich für ihr Küsschen bedanken. Zoe schließt lächelnd die Augen. Dann gibt das Mammut einen lang gezogenen Laut von sich, irgendwas zwischen Knurren, Grunzen und Stöhnen.

»Wenn es nur Einbildung war, dann hätte meine Oma das Mammut doch sehen müssen.« Ich stütze meinen Kopf in beide Hände. »Dafür muss sie mich jetzt für einen kompletten Volltrottel halten.«

Zoe ahmt die raue Stimme meiner Oma nach: »Ihr habt Finn im Wald gefunden?«

»Mach dir nichts draus«, sagt Finn grinsend. »Für englische Großmütter gibt's bestimmt Schlimmeres, als ihren schwachsinnigen Enkel in Deutschland zu besuchen.«

»Haha«, sage ich matt. Die Vorstellung, dass meine Granny mich für plemplem halten könnte, ist mir echt oberpeinlich. Nicht dass sie meinen Eltern bei ihrer Rückkehr sagt: Der Henry ist ja ein lieber Junge, aber an eurer Stelle würde ich ihn mal dringend zum Psychologen schicken.

»Ich glaub trotzdem, dass wir uns das nur eingebildet haben«, sagt Zoe. »Das ist doch die einzig mögliche Erklärung. War eben riesiges Glück, dass deine Oma nichts gemerkt hat.« Sie schiebt ihr Gesicht ganz nah an den Kopf des Mammuts heran, schließt ihre Hände um die Stoßzähne und schaut es durchdringend an: »Oder machst du hier irgendwelche Tricks mit uns?«

Das Mammut plinkert mit einem Auge.

»Bist du vielleicht ein Zaubermammut, das sich tot stellen kann, wann immer es will?«

Das Mammut senkt den Kopf und reibt seine Stirn an Zoes Hals. »Hey, das kitzelt«, kichert sie.

»Ob Zaubermammut oder nicht, ich hab echt tierischen Kohldampf«, sagt Finn. Er nimmt das Tablett vom Schreibtisch und stellt es zwischen uns auf den Fußboden. »Deine Oma hat doch auch gesagt, dass wir halb verhungert aussehen.« Er reibt sich die Hände. »Dann woll'n wir mal …«

Auch mein Magen knurrt inzwischen so laut, als säße da ein kleines Tier drin. Ich strecke meine Hand aus, doch ehe ich mir eines der kleinen Marmeladenbrötchen nehmen kann, hat das Mammut seinen Rüssel ausgefahren und schnappt es mir vor der Nase weg. Erstaunt sehe ich, wie das Brötchen in seinem kleinen Maul verschwindet, und es scheint ihm tatsächlich zu schmecken, denn diesmal spuckt es mir keinen zerkauten Essensmatsch auf den Fußboden.

Zoe ist vor Begeisterung natürlich hin und weg. »Ja, hat dir das Brötchen geschmeckt? Da wird sich Oma Scarlett aber ganz doll freuen … ach nee, lieber nicht … he, he, nicht so gierig, mein Schatz!«

Doch für liebevolle Ermahnungen ist es zu spät. Mit den Vorderbeinen voraus stürzt sich unser Zaubermammut auf das Tablett und verwandelt die appetitlich aussehenden Teigstücke in eine unansehnliche Pampe. Zwei Scones fliegen hoch in die Luft, doch ich versuche erst gar nicht, sie aufzufangen. Könnte ja sein, dass das Mammut im selben Moment danach schnappt. Den Verlust meiner Hausschuhe kann ich verkraften – meine Hände möchte ich gern behalten.

Unter lautem Schnaufen und Grunzen schlingt unser verfressenes Familienmitglied in null Komma nix die ganze Portion runter und leckt hinterher das Tablett blitzblank.

Immerhin kann sich Zoe einen Marmeladenklecks sichern, der auf ihrer Hose gelandet ist. »Zitrone«, stellt sie fest. »Aber schön süß.«

»So was von egoistisch! Also echt!« Finn ist stinksauer. »Da läuft einem schon ewig das Wasser im Mund zusammen, und dann wird einem hier alles vor der Nase weggefuttert.«

»Es konnte doch nicht ahnen ...«

»Jetzt verteidigst du diesen Fresssack auch noch!«, fällt er Zoe ins Wort. »Der ist ja schlimmer als Norbert.«

»Wer ist Norbert?«, frage ich.

»Mein Cousin, die reinste Fressmaschine. Außerdem müssen wir dringend an seinen Tischmanieren arbeiten.«

»Was haben wir mit Norberts Tischmanieren zu tun?«

»Jetzt vergiss Norbert, ich rede von diesem ...« Finn scheint auf die Schnelle kein passendes Schimpfwort einzufallen. »Diesem Ding da!« Er zeigt wütend auf das Mammut, das sich mit zufriedenem Stöhnen auf die Seite gelegt hat und die Beine streckt.

»Also, wenn das hier so weitergeht, trage ich es höchstpersönlich in den Wald zurück und buddel es wieder ein. Was ist denn das für ein Benehmen? Man springt doch nicht mitten ins Essen rein und macht so eine Sauerei. Und dann dieses Grunzen und Schmatzen, da vergeht einem echt der Appetit!«

Zoe tätschelt dem Mammut den Bauch. »Finn meint das nicht so, er ist nur hungrig.«

»Und ob ich das meine! Die Tennisbälle sind auch total verschmiert.«

»Kannst ihm ja nächstes Mal eine Serviette umbinden«, schlage ich vor.

»Vielleicht kannst *du* mal zu deiner Oma runtergehen und fragen, ob's Nachschub gibt. Oh Mann, diese Dinger sahen so lecker aus. Aber deine Nanny ... Granny freut sich bestimmt, dass es uns so gut geschmeckt hat.«

»Wieso, wir haben doch gar nichts gegessen«, sage ich scheinheilig, um ihn aufzuziehen.

»Aber das weiß SIE doch nicht, du Klotzkopf!« Finn ist kurz davor, mich zu würgen.

Ich schnappe mir schnell das Tablett vom Fußboden und flitze runter in die Küche. Das Loch in meinem eigenen Bauch ist inzwischen so groß wie ein Basketball.

»Gibt's noch mehr?« Mit diesen Worten platze ich in die Küche und knalle das Tablett auf den Tisch.

Meine Oma sieht mich mit nachsichtigem Tadel an.

»Äh, Finn ist total begeistert von den Scones«, füge ich rasch hinzu. »Und Zoe natürlich auch.«

Meine Granny nickt zufrieden. »Natürlich hab ich noch welche da. Hilfst du mir mit der clotted cream und der Zitronenmarmelade, Henry?«

Nichts lieber als das.

Sie füllt einen Becher mit dampfendem Tee, gießt ein bisschen kalte Milch dazu und stellt ihn vor mich hin. Ich nippe daran. Lecker.

Wir setzen uns an den Küchentisch und schneiden die duftenden Scones in zwei Hälften. Dann klatschen wir je einen Löffel von der Sahnecreme drauf, und auf die Sahnecreme kommt eine dicke Schicht Zitronenmarmelade, fertig. Ich kann nicht widerstehen und schiebe mir meinen ersten selbst gebastelten Scone fast vollständig in den Mund. Er ist lauwarm und weich und cremig und fruchtig und süß und … hach, ich weiß auch nicht, aber er schmeckt einfach himmlisch. Ich kann mich nicht erinnern, schon mal so was Köstliches gegessen zu haben. Die Geschmacksexplosion breitet sich in meinem ganzen Kopf aus.

»Äh, das mit Finn …«, nuschele ich mit vollem Mund.

»Kauen nicht vergessen«, sagt meine Oma wie nebenbei.

Schwups, ist der ganze Scone in meinem Bauch verschwunden. Ich schmiere mir sofort den nächsten.

»Den hab ich gestern im Wald *getroffen*, nicht *gefunden*«, stelle ich richtig. »Hab mich vorhin nur versprochen.«

Hoffentlich ist der Volltrottelverdacht damit aus der Welt geschafft.

»Was wolltest du denn im Wald?«

Mich abregen, weil ich mich so aufgeregt hatte.

»Ach, nichts Besonderes. Manchmal fahre ich da mit dem Fahrrad rum.«

Meine Oma nickt bedächtig.

»Sag mal«, rede ich zögerlich weiter, »wenn dir auf einmal irgendein Tier zulaufen würde, was würdest du dann mit ihm machen?«

Sie spitzt nachdenklich den Mund. »Nun, es käme natürlich darauf an, um was für ein Tier es sich handelt. Bei einem Hund oder einer Katze würde ich erst mal versuchen, seinen Besitzer zu finden.«

»Und wenn es … ein ganz anderes Tier wäre?«

»Was meinst du damit, ein ganz anderes Tier?«

»So eines, von dem man gar nicht richtig weiß, was das überhaupt für ein Ding, also für ein Tier ist.«

»Was für ein interessanter Gedanke. Wie kommst du darauf?«

»Da … äh … haben wir neulich in der Schule drüber geredet.«

Schule zieht immer.

Meine Granny pustet auf ihren heißen Tee, bevor sie daran nippt. »Es käme natürlich darauf an, ob es gutmütig und zutraulich ist und ob man es überhaupt in der Wohnung halten kann. Schließlich ist nicht jedes Tier als Haustier geeignet.«

»Aber wenn es dafür geeignet wäre, was würdest du dann tun?«

»Dann hätte ich überhaupt nichts dagegen, mir in Doncaster irgendeinen Piepmatz oder einen vierbeinigen Gefährten ins Haus zu holen«, antwortet sie wie aus der Pistole geschossen. »Ich glaube sowieso, dass wir von Tieren viel lernen können.«

»Echt? Was denn zum Beispiel?«

»Oh, da gibt es eine ganze Menge: Treue, Geduld, Vertrauen, Akzeptanz … Es fängt damit an, dass dich so ein Tier nie kritisiert oder dir irgendwelche Vorschriften macht. Es sagt dir nicht, dass du endlich deine Hausaufgaben machen sollst oder mal wieder dein Zimmer aufräumen müsstest. Das ist doch schon mal ein großer Vorteil, findest du nicht?«

»Ein Riesenvorteil«, bestätige ich.

»Es beschwert sich nicht über deinen Musikgeschmack und schreibt dir auch nicht vor, was du anziehen sollst. Und wenn du mal zehn Minuten zu spät kommst, ist es nicht gleich eingeschnappt, sondern freut sich umso mehr, dass du da bist. Ein Tier nimmt dich so, wie du bist, Henry. Dazu sind die meisten Menschen leider nicht in der Lage.«

So habe ich das noch nie betrachtet, aber man merkt, dass sich meine Granny mit Tieren auskennt. Unser Mammut hat mir jedenfalls auch noch nie was von Aufräumen erzählt. Und ich bin mir ziemlich sicher, dass es sich inzwischen freut, dass ich da bin. Jedenfalls ein bisschen. Sonst hätte es sich ja wohl nicht voll auf mich draufgelegt und mir das halbe Ohr weggeschlabbert.

»Also, irgendwie ist das hier eine ungerechte Arbeitsteilung«, beschwert sich meine Oma plötzlich.

»Äh, was?«

»Ich mache hier Scones wie am Fließband, und du schlingst sie runter, als hättest du seit Tagen nichts gegessen. Wolltest du nicht deinen Freunden welche mitbringen?«

Ups, vor lauter Zuhören und Nachdenken ist mir gar nicht aufgefallen, dass ich inzwischen schon zwei, drei … eher vier … vielleicht sogar fünf von diesen köstlichen Teilchen gegessen habe.

»Siehst du, Oma. Wenn du ein Tier wärst, würdest du dich jetzt nicht darüber beschweren«, sage ich grinsend.

»Da hast du völlig recht.« Sie lacht wieder ihr gurgelndes Lachen. »Ich glaube, Tiere sind doch die besseren Menschen.«

Zufrieden beeile ich mich, die letzten sechs Scones anzurichten. Essen sich wirklich wie von selbst, die Dinger.

»Mehr waren leider nicht übrig«, sage ich mit bedauernder Miene, als ich ein paar Minuten später das Tablett ins Zimmer trage.

»Nicht hier rein!« Finn springt hektisch auf und drängt mich zurück auf den Flur. Zoe kommt gleich hinterher und zieht die Tür hinter sich zu.

»Mensch, wir können doch nicht riskieren, dass Norbert uns schon wieder alles vor der Nase wegfrisst!«

»Norbert?«, frage ich und stelle das Tablett auf dem Regal ab.

»Na, mein Cousin, die Fressmaschine. Schon vergessen? Zoe und ich finden, dass Norbert der perfekte Name für unser verfressenes Mammut ist.«

Norbert? Ich muss zugeben, dass ich mich ein bisschen überrumpelt fühle. Über einen Namen für unser Mammut hatte ich bis jetzt noch gar nicht nachgedacht. Aber erstens klingt Norbert ganz lustig und zweitens nagt das schlechte Gewissen an mir, weil *ich* hier die eigentliche Fressmaschine bin.

»Komm schon, klingt doch spitzenmäßig!« Finn breitet die Arme aus. »Wenn du willst, kriegt es auch deinen Nachnamen, weil es ja hier zu Hause ist.«

»Ja, gut, äh, okay, warum nicht«, willige ich ein.

»Also dann. Auf Norbert Kleinschmidt!«, sagt Finn. »Das erste und einzige Minimammut, das sich von Hausschuhen und englischen Spezialitäten ernährt.« Er schnappt sich den Scone mit dem größten Sahneklecks und der dicksten Marmeladenschicht und betrachtet ihn wie einen wertvollen Edelstein. Dann legt er den Kopf in den Nacken, klappt seinen Mund sperrangelweit auf und lässt die Köstlichkeit mit einem einzigen Happs darin verschwinden. Auch Zoe lässt sich nicht länger bitten, beißt herzhaft hinein und kaut mit geschlossenen Augen. Ein wohliges Stöhnen, Grunzen und Schmatzen erfüllt den Flur. So viel anders als Norbert hören sich die beiden jetzt auch nicht an.

Natürlich würde auch ich gern zulangen, doch auf einmal merke ich, dass ich satter als satt bin. Pappsatt sozusagen. Die fünf Sahne-Teig-Marmeladen-Bomben in der Küche waren vielleicht doch etwas zu viel des Guten. Mir ist fast ein bisschen übel. Aber wie soll ich das nur meinen hungrigen Freunden erklären?

Reiß dich zusammen, Henry!, schimpft eine Stimme in meinem Kopf.

Ist ja schon gut. Ich angele mir den kleinsten Scone, schaue ihn widerwillig an und hole tief Luft. Einer geht noch. Einer muss noch gehen. Uff!

MONTAG

SCHOTTISCHES BLUT

Am nächsten Morgen bin ich als Erster wach, döse noch ein bisschen vor mich hin und lasse den gestrigen Tag Revue passieren: Den restlichen Sonntag haben wir damit verbracht, Norbert besser kennenzulernen und ihm zu zeigen, dass er sich keine bessere Familie als uns hätte wünschen können. Und ich kann ohne Übertreibung sagen, dass er sich in meinem Zimmer inzwischen wie zu Hause fühlt.

Die meiste Zeit ist er hin- und hergerannt, wollte mit uns schmusen oder raufen, was eigentlich dasselbe ist, oder irgendwelche Mammutspiele spielen. Aber mit Mammutspielen kennen wir uns leider nicht aus. Deshalb haben wir ihm gezeigt, wie man Verstecken spielt, und ich glaube, er hat's auch einigermaßen verstanden. Schließlich hat er sich im Wohnzimmer ja auch schon vor uns versteckt.

Wir haben ihn also mit dem Gesicht zur Wand gedreht und ihm zusätzlich die Augen zugehalten, während Finn unters Bett gekrochen ist. Norbert ist eine Weile unschlüssig durchs Zimmer getrabt und wir haben »kalt«, »ganz kalt«, »wärmer« und solche Sachen gerufen. Schließlich hat Finn den entscheidenden Tipp gegeben und sein Bein unterm Bett hervorgestreckt. Und Norbert hat sich für den Tipp bedankt, indem er Finn volle Kanne auf den Fuß gesprungen ist. Zoe hat sofort »gefunden« gerufen und Norbert mächtig gelobt, aber Finn wollte danach nicht mehr mitspielen.

Anschließend hab ich ein Maßband geholt und wir haben mit Bleistift unsere Körpergrößen an der Zimmertür markiert. Da steht es jetzt schwarz auf weiß:

Norbert 81 cm
Finn 142 cm
Henry 145,5 cm
Zoe 148 cm

Norbert ist also mit Abstand der Kleinste und Zoe die Größte von uns, was aber nur daran liegt, dass sie im Gegensatz zu Finn und mir schon elf ist.

Ich frage mich, wie alt Norbert wohl sein mag. Also entweder gehört er zu einer unbekannten Art von Minimammuts, die eben nicht größer als Hirtenhunde werden, oder er ist ein ganz normales Mammutbaby, das schon in einer Woche nicht mehr durch die Tür passen und in einem Jahr fünf Meter groß sein wird. Dann müssten wir das Dach entfernen lassen und einen Kran mieten, damit er mal ein bisschen Auslauf kriegt. Wir haben uns jedenfalls vorgenommen, sein Wachstum genau zu beobachten und alle paar Tage nachzumessen, ehe es irgendwann zu spät ist.

Aber da ist noch eine andere Sache, die mir nicht aus dem Kopf geht. Manche Sachen sind wie ein lästiger Juckreiz, denke ich. Wenn man sie erst mal bemerkt, lassen sie einem keine Ruhe mehr.

Zoe will ja nicht mehr über Norberts plötzliche Starre reden, weil sie meint, wir hätten uns die nur eingebildet. Aber es war keine Einbildung, das weiß ich hundertprozentig. Ich habe schließlich selbst gefühlt, dass sein Körper plötzlich hart und kalt und sein Fell ganz stumpf war. Er schien kaum noch zu atmen und war fast so grau wie eine tote Pflanze.

Andererseits war das wohl der Grund, warum meine Granny ihm überhaupt keine Beachtung geschenkt hat, als sie plötzlich zu uns ins Zimmer kam. Er sah ja auch gar nicht mehr lebendig aus, sondern wie ein großes, schlappes Plüschtier oder so was.

Vielleicht hat er ja eine seltsame Mammutkrankheit, denke ich erschrocken, und was könnten wir gegen so eine Krankheit schon ausrichten? Nicht mal zum Tierarzt könnten wir mit ihm gehen, weil man uns Norbert dann bestimmt wegnehmen würde. Was wahrscheinlich sowieso passiert, wenn meine Eltern wiederkommen, aber daran will ich jetzt noch nicht denken.

Und was, wenn sich jemand von uns an dieser Mammutkrankheit ansteckt? Gäbe es dagegen überhaupt ein Heilmittel? Mir läuft es jedenfalls eiskalt den Rücken runter, wenn ich mir die fette Schlagzeile in der Zeitung vorstelle: ZEHNJÄHRIGER JUNGE AN SELTENER MAMMUTKRANKHEIT GESTORBEN!

Hundert Fragen sausen mir im Kopf rum, und ich frage mich (Frage Nummer 101), ob das bei zehnjährigen Jungs eigentlich immer so ist. Ich meine, dass es viel mehr Fragen als Antworten gibt.

Bei Erwachsenen scheint das umgekehrt zu sein. Sie fragen lieber fremde Kinder aus, statt sich selbst Fragen zu stellen, wie Frau Kirschstein, oder sie wissen auf alles eine Antwort wie mein Papa.

Obwohl wir weiterhin an Norberts Erziehung arbeiten müssen, bin ich eigentlich ganz froh, dass ich heute mal ein bisschen rauskomme. Zoe und Finn haben versprochen, sich um unseren kleinen Racker zu kümmern, während ich mit meiner Granny in die Stadt gehe. Die will mir nämlich ein paar neue Klamotten spendieren, und wer kann dazu schon Nein sagen?

* * *

Auf dem Weg zur Straßenbahnhaltestelle weht uns ein milder Wind um die Nase, während es um uns herum gluckst und gluckert. Geschmolzene Schneereste rinnen plätschernd in die Gullys und es tropft von den Straßenlaternen und Dächern. Manchmal kommt dort auch eine ganze Schneeladung ins Rutschen und donnert wie eine Lawine in die Vorgärten.

»Was brauchst du denn am nötigsten?«, fragt meine Oma, die ihre Hand um meinen Oberarm geschlossen hat.

»Meine Hausschuhe sind mir ein bisschen klein geworden«, flunkere ich und füge bescheiden hinzu: »Vielleicht noch eine neue Hose.« Am liebsten hätte ich eigentlich die knallblauen Turnschuhe mit den orangen Streifen, die mehrere Jungs in meiner Klasse tragen, aber diesen Wunsch behalte ich erst mal für mich. Meine Granny soll auf keinen Fall denken, dass ich maßlos bin oder die Situation ausnutze. Vielleicht kommen wir später ja rein zufällig an einem Sportgeschäft vorbei …

»Dann lass uns doch erst mal nach ein paar neuen Jeans für dich gucken«, schlägt sie vor. »Nach solchen mit richtig schicken Löchern drin.« Sie wirft mir einen verschwörerischen Blick zu.

Das mit den Löchern ist gar nicht nötig. Eigentlich hätte ich sowieso lieber welche, die noch nicht kaputt sind. »Ich weiß nicht, ob Mama das recht wäre«, gebe ich zu bedenken. »Ich meine, es ist ja immer noch Winter, und sie hätte bestimmt Angst, dass ich mich in so einer Hose erkälte.«

»Dann bist du ja ein echter Glückspilz, dass du nicht mit deiner Mama, sondern mit deiner unvernünftigen Oma unterwegs bist«, entgegnet sie trocken. »Also, an deiner Stelle würde ich das unbedingt ausnutzen.«

Irgendwie habe ich das Gefühl, dass sie sich die

Sache mit den Löchern nicht ausreden lässt. Vielleicht sollte ich unser Gespräch doch lieber gleich auf die Turnschuhe lenken. »Ach, weißt du«, sage ich und mache eine lässige Handbewegung, »so wichtig ist das mit der Hose eigentlich gar nicht. Vielleicht könnten wir stattdessen …«

»Mir scheint das mit der Hose aber sehr wichtig zu sein«, unterbricht sie mich und hat plötzlich wieder diesen Ton, dem man unmöglich widersprechen kann.

Meine Oma ist vor dem Reisebüro an der Straßenecke stehen geblieben und betrachtet ein Werbeplakat für eine Pauschalreise, auf dem eine alte graue Burg und eine öde steinige Landschaft zu sehen sind. *Urlaub in den schottischen Highlands*, steht in klotzigen Buchstaben darüber. Nirgendwo ein Strand zu sehen und keine einzige Palme. Wer will da schon hinfahren, denke ich.

»Wir MacFarlanes sind ein altes kriegerisches Geschlecht, weißt du das, Henry?«

»Äh, ja, ich glaube, davon hab ich schon mal …«, murmele ich zögerlich. Bei uns zu Hause wird nur selten über die Geschichte unserer englischen Familie geredet.

»Ein alter schottischer Clan, dessen Nachfahren sich irgendwann in Doncaster niedergelassen haben«, fährt sie mit stolzer Stimme fort. »Die MacFarlanes waren stets verwegene Kämpfer und haben an den Schlachten von Pinkie und Langside teilgenommen, auch wenn das schon fünfhundert Jahre her ist.«

Ich schaue meine Granny, die eine geborene MacFarlane ist, ehrfürchtig an. Ihre luftigen grauen Locken heben sich im Wind, sodass sie auf einmal mehrere Zentimeter größer aussieht.

»Drum lass dir gesagt sein, mein Junge, dass das Blut der MacFarlanes auch durch deine Adern fließt. Und deine Vorfahren, die waren nicht verwöhnt und verpimpelt. Die hätten ihre Schlachten auch mit noch so vielen Löchern in den Hosen gewonnen. Ach, was sag ich: selbst wenn sie im Winter ganz ohne Hosen gekämpft hätten!«

Mit dieser Geschichtsstunde habe ich ehrlich gesagt nicht gerechnet. Da will man mit seiner Oma eine Hose kaufen und erfährt ganz nebenbei, dass man von alten schottischen Kämpfern abstammt. Das hab ich wirklich noch nie gehört, aber … wow, ich meine, wie cool ist das denn!

»Das ist ja Wahnsinn«, höre ich mich sagen.

»Du sagst es«, entgegnet meine Granny und sieht in diesem Moment so entschlossen aus, als wäre sie selbst bereit, in die Schlacht zu ziehen.

»Und die MacFarlanes hatten sogar ein Motto: *This I'll defend!*«

»Das werde ich verteidigen«, übersetze ich spontan.

»Richtig, mein Junge. Also werden auch wir das verteidigen, was uns am Herzen liegt, und für das kämpfen, was uns wichtig ist!«

»Hosen mit Löchern?«, frage ich vorsichtig.

»Ganz genau, Henry MacFarlane!«, antwortet sie zufrieden.

Wie ist das merkwürdig, denke ich, als wir die Haltestelle erreichen. Aber plötzlich spüre auch ich das schottische Kämpferblut durch meine Adern fließen. Also, vielleicht ein bisschen verdünnt nach fünfhundert Jahren, aber immerhin. Henry MacFarlane – ich lasse mir den Namen auf der Zunge zergehen. Klingt ziemlich vornehm, finde ich, und eigentlich viel besser als Henry Kleinschmidt. Irgendwie bin ich ganz schön sauer auf meine Eltern, dass sie mir bisher so wenig über meine schottische Abstammung erzählt haben. Anscheinend spürt man dieses schottische Blut erst, wenn man es weiß. Aber wenn man es weiß, macht es einen irgendwie stärker … stolzer … oder so ähnlich.

»Zug kommt in drei Minuten«, lese ich von der elektronischen Anzeige ab, als ich im Augenwinkel eine bekannte Gestalt erblicke. Denn wer da auf platten Reifen und mit schmuddeligen Plastiktüten am Lenker durch die Gegend gondelt, ist unverkennbar Otto. Heute trägt er eine abgewetzte schwarze Lederjacke und eine viel zu kleine Wollmütze, die ihm jeden Moment von seiner speckigen Glatze zu rutschen droht.

An einem überquellenden Mülleimer, nur wenige Meter von uns entfernt, hält er an, zieht einen kleinen Stock aus einer seiner Tüten und stochert im Abfall herum. Eine dicke Frau beobachtet ihn misstrauisch. Als er sie bemerkt, dreht er blitzschnell seinen Kopf zu ihr und ruft: »Buh!«. Die dicke Frau schrickt zusammen und schaukelt hastig davon. Otto ist echt unheimlich. Und obwohl ich nicht glaube, dass er gefährlich ist, sagt meine Mutter immer, ich solle mich lieber von ihm fernhalten.

»Wer ist dieser Herr?«, fragt mich meine Granny, als handele es sich um einen eleganten älteren Mann mit Hut und Spazierstock.

»Das ist Otto«, flüstere ich.

»Otto?«

»Wie der sonst noch heißt, weiß ich nicht«, flüstere ich weiter. »Alle nennen ihn so.« Ich versuche, Otto unauffällig im Auge zu behalten. Denn wenn er merkt, dass man ihn zu lange anguckt, wird er meistens fuchsteufelswild. So wie eben.

»Armer Teufel«, kommentiert sie. »Ist er nett zu euch Kindern?«

Ich zucke die Schultern. Schwer zu sagen, ob jemand nett ist, wenn man ihm immer aus dem Weg geht. Aber ehrlich gesagt, will ich es lieber nicht auf einen Versuch ankommen lassen. »Man sagt, dass er Vögel und Eichhörnchen tötet«, verrate ich mit Abscheu.

Keine Reaktion.

»Und sie sich zu Hause zum Abendessen brät«, füge ich mit dramatischem Unterton hinzu.

»Man soll nicht alles glauben, was sich die Leute so erzählen«, sagt meine Oma kühl. »Schau, da kommt die Straßenbahn.«

Wir steigen in den hinteren Wagen und nehmen zwei Plätze auf der anderen Seite des Gangs in Beschlag. Ehe sich die Türen schließen, will ich wissen, ob Otto immer noch im Müll stochert. Ich drehe mich nach rechts und beuge mich vor. Doch als ich zu ihm rüberspähe, zuckt der Schreck wie ein Stromschlag durch mich hindurch.

Otto ist vom Fahrrad gestiegen, hat die Mütze abgenommen und starrt mir direkt in die Augen. Noch nie habe ich so einen unheimlichen Blick gesehen. Ehrlich gesagt, muss ich ganz fest an mein schottisches Kämpferherz denken, um mir nicht vor Angst in die Hose zu machen. Ottos unförmiger Mund bewegt sich, aber ich höre keinen Laut. Seine kleinen Pupillen bohren sich in meine, als wollten sie sagen: Wenn ich dich erwische, Junge, brate ich dich auch zum Abendessen!

MONTAGNACHMITTAG

NICHT MEHR NÖTIG

»Und? Zeig her!«, fordert Finn mich auf, als ich meine drei Einkaufstüten ins Zimmer schleppe.

Aus taktischen Gründen fange ich mit dem Langweiligsten an, nämlich mit meinen neuen Hausschuhen, die genauso aussehen wie meine alten.

»Oh, guck mal, Norbert, die magst du doch so gern!«, ruft Zoe begeistert.

Aber Norbert guckt natürlich nicht, sondern ist ganz in ein neues Spiel vertieft. Er springt mit Anlauf gegen die Wand, prallt mit den Tennisbällen ab und landet – *rums!* – auf seinem Hintern.

»Ja, toll machst du das!«, lobt ihn Zoe.

»Und das hat er sich ganz allein ausgedacht?«, frage ich überrascht. Echt unglaublich, was kleinen Mammuts so alles einfällt, um sich die Zeit zu vertreiben.

»Da kann man mal sehen, wozu Tennisbälle noch gut sind«, sagte Finn zufrieden. »Und ist doch super, dass er sich schon ganz allein beschäftigen kann.«

Auch ich bin ziemlich stolz auf unseren Kleinen, der offenbar immer selbstständiger wird. Und ein bisschen ärgere ich mich in diesem Moment darüber, dass ich gar nicht daran gedacht habe, Norbert was aus der Stadt mitzubringen. Einen Hundeknochen oder ein kleines Spielzeug. Ich freue mich nämlich auch immer, wenn mir mein Vater eine Tafel Schokolade mitbringt.

Die Hausschuhe stelle ich auf den Kleiderschrank, sicher ist sicher. Dann breite ich meine beiden neuen Jeans auf dem Teppich aus, was Finn ein »Hm« und Zoe ein gelangweiltes »Nett« entlockt. Was soll man dazu auch sagen? Ganz normale Jeans halt. Mittelblau und hellblau. Die hellblaue ist am Oberschenkel aufgeschrappt, aber nur ein bisschen. Hosen mit richtigen Löchern gab's gar nicht, genauer gesagt, nicht in meiner Größe, was meine Granny ein wenig enttäuscht hat. Sie meinte allerdings, man könnte die Löcher ja auch selbst reinschneiden. Wird also wohl nur eine Frage der Zeit sein, bis sie sich eine Schere schnappt und die Sache in die Hand nimmt.

Das Beste habe ich mir natürlich für den Schluss aufgehoben. Ich ziehe den rechteckigen Karton aus der dritten Tüte, öffne ihn und schüttele die knallblauen Turnschuhe mit den orangen Streifen heraus.

»Boah!«, ruft Finn.

Rums macht das Mammut.

»Hammer«, sagt Zoe.

Finn angelt sich einen der Schuhe und betrachtet ihn von allen Seiten. »Und du meinst, die werden Norbert schmecken?«

»Nix da!« Ich nehme ihm den Schuh aus der Hand, lasse beide Exemplare wieder im Karton verschwinden und stelle ihn neben meine Hausschuhe auf den Schrank. »Wir sind doch schon dabei, Norbert an normale Nahrung zu gewöhnen. Das mit den Hausschuhen war bestimmt nur Zufall. Stell dir vor, du wärst seit der Steinzeit irgendwo eingefroren und würdest plötzlich wieder aufgetaut ... dann wüsstest du auch nicht mehr, was dir schmeckt und was nicht.

»Diese Teigdinger von deiner Oma würden mir

auch schmecken, wenn man mich nach tausend Jahren aus der Tiefkühltruhe holt«, sagt Finn. »Bloß schade, dass sie nicht mehr gemacht hat.«

»Ähm, also das mit dem Zufall …« Zoe räuspert sich verlegen. »Wir dachten eigentlich auch, dass Norbert so langsam weiß, was er essen darf und was nicht.«

»Dabei haben wir ihn nur ganz kurz aus den Augen gelassen«, beteuert Finn. »Ehrenwort! Keine Ahnung, wie der so schnell deinen Schulranzen aufgekriegt hat.«

Mit betretener Miene streckt er mir meinen weißen Plastikpapierkorb entgegen. Mit spitzen Fingern fische ich zwei vollgesabberte Pappdeckel heraus, zwischen denen sich nur noch wenige zerfledderte Seiten befinden.

»Ging echt ratzfatz«, sagt Zoe und zuckt die Schultern. »Du weißt ja, wie das ist, wenn Norbert eine Fressattacke kriegt …«

Ich betrachte die traurigen Überreste meines Mathebuchs. »Woher weiß er eigentlich, dass ich Mathe nicht ausstehen kann?«, frage ich und schüttele lächelnd den Kopf. Ich rümpfe automatisch die Nase, als ich die batzigen Deckel auseinanderziehe. Mammutsabber klebt echt wie Hölle.

Fast der gesamte Stoff der fünften Klasse ist Norberts Heißhunger zum Opfer gefallen. Nur die Übungsaufgaben zum Distributivgesetz, die Einführung in die Geometrie und das Kapitel zum Zeichnen und Messen von Winkeln sind noch da.

»Ach, was soll's«, sage ich und befördere den klebrigen Mathemüll wieder in den Papierkorb. Hauptsache, er bekommt von all den Zahlen und Formeln keine Bauchschmerzen.

In meiner Brust breitet sich ein warmes Gefühl aus. Voller Verwunderung darüber, wie schnell einem so ein Haustier doch ans Herz wachsen kann. Keine drei Tage ist es her, da wusste keiner von uns, dass es Norbert überhaupt gibt. Und Norbert wusste noch nicht mal, dass er Norbert heißt, weil er uns ja noch nicht kannte. Irgendwie scheinen wir nur aufeinander gewartet zu haben. Wir gemütlich zu Hause und Norbert in seinem frostigen Blätter- und Schneehaufen.

Was aber das Allererstaunlichste ist: Ich würde Norbert gegen keinen Hund der Welt mehr eintauschen. Sollten also in fünf Minuten meine Eltern anrufen und sagen: *Wir haben es uns anders überlegt, Henry. Gleich nächste Woche darfst du dir den niedlichsten Hirtenhund aller Zeiten aussuchen.* Dann würde ich sagen: *Nett von euch, aber nicht mehr nötig. Ich hab jetzt ein Mammut.*

Und mal ganz ehrlich: Einen Hund hat doch heutzutage fast jeder. Fast hätte ich Lust auf eine Runde *Kuscheln* …

»Norbert? NORBERT!« Zoes Stimme quietscht so schrill in meinen Ohren, dass ich nach Luft schnappe. Sie springt auf und stürzt zu unserem verspielten Mammut. Finn und ich stürzen hinterher. Norbert hat sich in den hintersten Winkel meines Zimmers zurückgezogen und liegt unbeweglich auf der Seite. Ganz grau ist er geworden, so wie gestern, als meine Granny plötzlich ins Zimmer kam.

Wir rufen alle durcheinander: »Norbert! Wach doch auf! Lass den Unsinn! Das ist nicht lustig!«, als könnten wir ihn dadurch aufwecken oder zur Vernunft bringen.

Doch Norbert scheint von alldem nichts mitzukriegen. Seine Augen stieren ins Nichts. Fast könnte man meinen, es wären gar keine Augen, sondern Glasmurmeln. Der ganze Körper wirkt leblos und starr. Der Schwanz wie ein ausgefranster Staubwedel. Die Stoßzähne wie weiß angemaltes Holz. Der Rüssel eine haarige tote Schlange.

Ich taste seinen harten Bauch ab, auf der Suche nach ein bisschen Wärme. Lasse meine Hand zur Brust wandern. Jedenfalls nehme ich an, dass sich das Herz eines Mammuts wie beim Menschen in der Brust befindet. Ist ja auch völlig egal. Meinetwegen kann es auch in den Füßen sein. Hauptsache, es schlägt. Aber ich spüre keinen Herzschlag. Nur dieses leichte Vibrieren wie von einer altersschwachen Batterie.

»Es war also doch keine Einbildung«, schluchzt Zoe und schmiegt ihren Kopf an Norberts Ohr. »Bitte, bitte, komm zurück!«, flüstert sie.

Mit Schaudern denke ich an die tödliche Mammutkrankheit, die uns vielleicht alle dahinraffen wird. »Norbert muss krank sein«, sage ich. »Diese Anfälle ... das ist jetzt schon das zweite Mal.«

Finn marschiert im Zimmer auf und ab, lässt seine Hände wie kleine Hackebeile durch die Luft sausen und denkt laut nach: »Der erste Anfall war ja nur kurz«, stellt er fest und wedelt mit seinem Zeigefinger in der Luft rum. »Und danach war Norbert wieder ganz der Alte. Also wird auch dieser Anfall bestimmt bald vorbei sein.«

»Meinst du wirklich?«, schluchzt Zoe, deren himmelblaue Augen vor lauter Angst wässrig und blass geworden sind.

»Na logo. Gleich springt er auf und will wieder mit seiner Zoe spielen, du wirst sehen.«

Ich weiß zwar nicht, woher Finn seinen Optimismus nimmt, aber es tut gut, ihm zuzuhören.

»Nur eine Sache kapiere ich einfach nicht.« Er bleibt stehen und schaut uns an. »Habt ihr schon mal darüber nachgedacht, dass die erste Starre genau im richtigen Moment kam?«

»Wie meinst du das, im richtigen Moment?«, frage ich.

»Na, dass er das gestern irgendwie mit Absicht gemacht hat, um sich vor deiner Oma zu verstecken. Jedenfalls ist er starr geworden, als sie ins Zimmer kam, und wieder normal, nachdem sie verschwunden war.«

»Aber das hier ... das kann doch jetzt keine Absicht sein«, sagt Zoe verzweifelt. Mit immer schnelleren Bewegungen streichelt sie Norberts Rüssel, rubbelt mit beiden Händen über Bauch und Buckel. Verpasst ihm eine komplette Mammutmassage, um ihn wieder aufzuwärmen und zu sich zu bringen.

»Vielleicht haben wir nur noch nicht herausgefunden, was ein Mammut wirklich braucht«, versuche ich uns Mut zu machen. Mein Blick fällt auf den alten Laptop meines Vaters, der sich seit Weihnachten in meinem Besitz befindet. Das bringt mich auf eine Idee. »Wir könnten ja mal im Internet nachgucken, was da so über Pflege und Aufzucht von Mammuts steht.«

Finn klatscht sich mit der Hand an die Stirn. »Oh

Mann, warum haben wir da nicht gleich dran gedacht! Mach die Kiste an, Henry!«

Ich gehe zu meinem Schreibtisch, klappe den Deckel hoch und drücke auf den Startknopf. »Dauert zwei, drei Minuten«, sage ich und blicke voller Sorge zu Norbert rüber, der starr wie ein Porzellanelefant auf der Seite liegt.

Zoe hat ihre Mammutmassage eingestellt und stiert genauso vor sich hin wie er.

Finn und ich quetschen uns zusammen auf meinen Drehstuhl, den ich wieder vor meinen Schreibtisch gerollt habe. »Okay, wir sind drin«, gebe ich nach einer nervigen kleinen Ewigkeit bekannt. »Was für einen Suchbegriff wollen wir eingeben?«

»Einfach *Mammut*, dann sehen wir schon.«

Im nächsten Moment wird der Bildschirm von einer ganzen Herde zotteliger Riesenelefanten mit langen gebogenen Stoßzähnen bevölkert. Ich scrolle nach unten.

»Also, wie Norbert sehen die nicht gerade aus.« Finn reibt sich das Kinn. »Was für Monstergestalten! Junge, Junge, das ist ja der reinste Horrorfilm.«

»Aber es gibt viele verschiedene Arten. Guck mal hier: das Wollhaarmammut, Präriemammut, Kreta-Mammut …«, zähle ich auf und betrachte die dazugehörigen Bilder. »Und immer wieder steht hier was von Sibirien, warte mal …« Ich klicke einen Artikel mit der Überschrift WISSENSCHAFTLICHE SENSATION an. Klingt doch schon mal vielversprechend.

Über dem Text ist eine farbige Zeichnung, bei deren Anblick man sofort zu frieren anfängt. Mehrere Mammuts stapfen in einer schier endlosen Schnee- und Eiswüste herum. Ihr Fell ist vom Frost ganz weiß geworden – wie struppiges Gras, das an einem Wintermorgen mit Raureif überzogen ist.

»Vor viertausend Jahren«, beginnt Finn zu lesen, »lebten die letzten Exemplare des Wollhaarmammuts. Und sie brauchten ein dickes Fell. Denn in der russischen und finnischen Tundra … was is'n Tundra?«

»Vielleicht ein Iglu oder so was.«

»Ein Mammut im Iglu?« Finn verdreht demonstrativ die Augen.

»Jetzt lies schon!«

» … in der russischen und finnischen Tundra liegen die Temperaturen fast das ganze Jahre unter dem Gefrierpunkt. Sibirischen Wissenschaftlern ist es nun erstmals gelungen, das Erbgut eines Wollhaarmammuts mit dem eines modernen Elefanten zu kreuzen. Auf diese Weise soll die ausgestorbene Mammutart wieder zum Leben erweckt werden. Na also!« Finn lehnt sich zufrieden zurück. »Norbert kriegt also schon bald jede Menge Spielgefährten.«

»Hey, Zoe, guck dir das mal an!«, rufe ich, um sie ein bisschen aufzumuntern. »Irgendwo in Sibirien werden bereits neue Mammuts gezüchtet, ist das nicht Wahnsinn?«

Für zwei, drei Sekunden hört man nur das leise Rauschen des Computers, und ich denke schon, entweder hat Zoe gar nicht zugehört oder sie ist vor Erschöpfung eingeschlafen. Aber anscheinend hat sie bloß ganz tief Luft geholt, weil sie plötzlich losheult wie die Sirene eines Feuerwehrautos: »Das ist nicht Wahnsinn, sondern scheißegal!«

So schnell wie ein gedopter Windhund rast sie zu uns an den Tisch und packt uns an den Schultern. »Die können so viele Mammuts züchten, wie sie wollen!«, schluchzt sie. »Ich will meinen Norbert wiederhaben!«

Ich bin wie erstarrt und starre nach schräg oben. Zoes Fingernägel bohren sich in meine Schulter. Ihre Augen sind verheult und glotzen wie irre auf den Bildschirm. Ein paar blonde Strähnen kleben in ihrem nassen Gesicht.

»Jetzt guckt schon nach, wie man ein erstarrtes Mammut wieder aufweckt!«, drängt sie uns, als gäbe es da jede Menge Artikel drüber.

»Ich glaube, ich weiß, woran es liegt«, sagt Finn in aller Ruhe und tippt mit dem Zeigefinger auf die Mammuts im Schnee.

Ich halte gespannt die Luft an. Hoffe, dass Finn die Lösung parat hat, ehe Zoes Finger mir fünf Löcher in die Schulter gebohrt haben.

»Mammuts haben doch überall dort gelebt, wo Eis und Schnee war«, erklärt er. »Am Nordpol oder in dieser Tundra, wenn das nicht sowieso dasselbe ist. Und Norbert hat ja schließlich auch in einem Schneehaufen überlebt.«

»Das heißt …?« Zoes Krallenhand löst sich von meiner Schulter.

»Dass es ihm hier auf Dauer viel zu warm ist!«, antwortet Finn. »Ich wette, er müsste nur mal richtig Winter erleben und ein bisschen im Schnee rumtollen, dann wäre er sofort wieder in Topform.«

»Aber der Winter ist doch fast vorbei«, gebe ich zu bedenken. »Selbst im Wald ist kaum noch Schnee übrig.«

»Dann müssen wir eben höher rauf«, sagt Zoe mit einem Funken Hoffnung in der Stimme. »Das könnte wirklich die Rettung sein.«

»Wie, höher rauf?«

»Na, in die Berge! Da, wo die Leute jetzt noch Ski fahren.«

»Du willst mit Norbert zwischen all den Skifahrern rumflitzen?«, frage ich.

Zoe schüttelt den Kopf. »Keine Ahnung, aber ich glaube, das ist unsere einzige Chance. Norberts einzige Chance«, verbessert sie sich traurig. »Erst mal müssen wir ihn natürlich irgendwie aufweck... autsch!«

Aber das Autsch ist schon ein halber Freudenschrei, weil es in diesem Zimmer nur ein Wesen gibt, das einem ohne Vorwarnung seinen Kopf in die Kniekehlen rammt.

»JAU!«

Wir wirbeln herum. Norbert trippelt mit den Vorderbeinen und guckt uns vorwitzig an. *Hey, ihr trüben Tassen*, sagt dieser Blick. *Hat vielleicht jemand Lust auf eine Runde Kuscheln?*

Und ob wir das haben! Im nächsten Moment begraben wir Norbert unter einer wilden Kuscheltraube – wie Fußballer, die gerade das entscheidende Tor erzielt haben und jubelnd übereinander herfallen. Wir knuddeln unser wiedererwachtes Mammut, was das Zeug hält, und es fühlt sich so warm und lebendig an, wie man es sich nur vorstellen kann. Zoe zerzaust juchzend seine fluffigen Schlappohren. Finn klammert sich an seinen Rücken und schließt die Arme um Norberts Buckel, während ich meinen Kopf an seine Brust schmiege und glücklich dem dumpfen Schlag seines Herzens lausche. Dass Norbert ganz unten liegt, scheint ihn nicht im Geringsten zu stören. Ist ja auch weder aus Porzellan noch aus Zucker, so ein Mammut.

IRGENDWANN AM DIENSTAG

DER MASTERPLAN

Seit Stunden sitzen wir bei mir im Zimmer zusammen und quasseln uns die Köpfe heiß. Und je länger wir diskutieren, desto komplizierter wird's. Dabei hört sich aus Finns Mund alles so einfach an. Dieses Einfache nennt er seinen »Masterplan«. Ich weiß zwar nicht, was ein Masterplan ist, aber Finn betont das Wort so, als wäre das ein absolut großartiger Super-Duper-Plan, der bei tausend Versuchen kein einziges Mal schiefgeht.

»Wir erzählen deiner Oma einfach, dass wir den ganzen Tag bei mir verbringen. Dann schnappen wir uns Norbert, fahren zum Hauptbahnhof und gondeln von da aus gemütlich nach Garmisch-Partenkirchen. Mit der Seilbahn kommt man ruckzuck rauf auf die Zugspitze. Das ist der höchste Berg von Bayern oder Deutschland oder ganz Europa, kann mich nicht genau erinnern. Jedenfalls wird unser schwitzendes Mammut sofort feststellen: Hey, ist ja fast so kalt wie in Sibirien hier. Endlich wieder richtiges Tundra-Feeling!« Finn verschränkt die Arme vor der Brust und sieht total zufrieden mit sich aus. »Norbert gesund. Alles geritzt.«

Im Raum wird es still. Zoe zieht skeptisch die Nase kraus und lässt ihre Finger knacken. Für ein paar Sekunden hängen alle ihren Gedanken nach. Ich brumme vor mich hin, weil ich nicht weiß, wie ich mich ausdrücken soll. Irgendwie bin ich schon beeindruckt, dass Finn das alles fix und fertig im Kopf hat. Dennoch beschleicht mich das Gefühl, dass der Erfinder des Masterplans unter Umständen ein paar Details nicht bedacht hat.

»Woher willst du eigentlich so genau wissen, wie man da hinkommt?«, fragt Zoe schließlich.

Guter Punkt.

»Weil ich letztes Jahr mit meinen Eltern auf der

Zugspitze war«, antwortet Finn lässig. »Die Fahrt hat echt nicht lange gedauert, und ich sag euch, da oben gibt es Schnee, Schnee und noch mal Schnee. Norbert wird ausflippen vor Begeisterung.«

»Aber erst die Zugfahrt, dann die Seilbahn, kostet das nicht unheimlich viel Geld?« Auweia, jetzt höre ich mich schon an wie mein Vater.

»Na und? Wir legen einfach zusammen«, antwortet er, als wären damit alle Geldprobleme gelöst.

»Meine Eltern haben mir zwanzig Euro dagelassen«, verkünde ich nicht ohne Stolz.

»Echt? Warum sagst du das nicht gleich?«

»Das ist ja schon mal ein Anfang«, muss Zoe zugeben. »Aber was machen wir, wenn unser Geld trotzdem nicht reicht? Steht davon auch was in deinem tollen Masterplan?«

»Bei einem Masterplan«, erklärt Finn und legt die Fingerspitzen seiner Hände zusammen, »geht es um das große Ganze, nicht um nervige Details.«

»Das große Ganze ist aber nichts wert, wenn wir's nicht mal bis auf die Zugspitze schaffen«, gibt sie spitz zurück. »Ich bin nicht mal sicher, ob Kinder in unserem Alter überhaupt allein mit dem Zug fahren dürfen. Und was meint ihr eigentlich, was passiert, wenn drei Kinder einfach so mit einem Mammut in den Zug steigen, hä?«

»Dann wollen bestimmt alle ein Selfie mit Norbert machen«, vermutet Finn.

»Eben nicht!«, ruft Zoe und verdreht die Augen. »Dann brechen die Leute in Panik aus und rufen die Bahnpolizei, du Schlaumeier! Und wie wollen wir überhaupt verhindern, dass uns Norbert nicht einfach abhaut? Tut mir leid, wenn ich dich mit diesen nervigen Details belästige!«

»Dann mach doch bessere Vorschläge, wenn du so schlau bist!«, keilt Finn zurück.

»Jeder Vorschlag ist besser als dein beknackter Masterplan!«, giftet sie.

Ich hebe beschwichtigend die Hände, aber die beiden sind schon auf hundertachtzig, also zusammen auf dreihundertsechzig.

»Wir müssen Norbert eben was überziehen«, schlage ich rasch vor. »Einen Pullover oder eine Wolldecke oder so.«

»Dann wird ihm ja noch wärmer!«, sagt Zoe pampig.

Da kommt mir eine Blitzidee. »Und wie wäre es mit meinem Regencape?«

»Soll es morgen regnen?«, fragt Finn scheinheilig. Ich weiß, dass er diese Frage nur stellt, um sich noch ein bisschen mit Zoe streiten zu können, aber die geht darauf nicht ein.

»Wenn man das anzieht, guckt nur der Kopf raus«, erkläre ich, »und der Stoff ist glatt und kühl.«

Zoe applaudiert. »Endlich mal ein vernünftiger Vorschlag. So was«, sie zeigt mit dem Finger auf Finn, »gehört nämlich zu einem Masterplan!«

»Meinetwegen«, erwidert Finn versöhnlich. »Außerdem hat Pluto sich einverstanden erklärt, Norbert für diesen einen Tag sein Halsband und seine Leine auszuleihen. Also wird er uns schon mal nicht durchbrennen. Bist du jetzt zufrieden?«

Zoe zuckt die Schultern. Macht komische Halsverrenkungen, als wollte sie gleichzeitig nicken und den Kopf schütteln. Stößt die Luft aus und massiert sich die Schläfen. »Haben wir eine Wahl?«, fragt sie schließlich und sieht dabei alles andere als optimistisch aus.

Ein kleiner Mann in meinem Ohr flüstert: *Bei allem, was man anfängt, muss man auch das Ende bedenken.*

Ist gut, Papa, ich hab's verstanden. Aber kann mir mal irgendjemand verraten, wie man das machen soll, *das Ende bedenken*, wenn man nicht die geringste Ahnung hat, was bis dahin alles passieren wird?

MITTWOCH

DAS FAMILIENTICKET

Als wir in die Bahnhofshalle latschen, komme ich mir wie ein Zwerg mit Asthma vor. Ich muss tatsächlich nach Luft schnappen, weil in dieses gigantische Gebäude locker zehn Fußballfelder reinpassen würden, und zwar mit Tribünen und Flutlichtmasten und allem Drum und Dran. Und obwohl dies doch ein Bahnhof sein soll, ist von Gleisen oder Zügen erst mal nichts zu sehen. Dafür gibt es jede Menge Einkaufsläden, Kaffeebars, Bonbonstände, Fressbuden und leuchtende Reklameschilder, als wären wir jetzt schon in einer fremden Stadt gelandet.

Ich blicke beklommen zur schmutzig grauen Betondecke rauf und gleich wieder runter, weil die so ewig weit weg ist, dass mir fast schwindelig wird. Aus den Lautsprechern scheppert eine Durchsage, aber die Stimme ist so verzerrt, dass ich kein Wort verstehe. Ein Sausen erfüllt die Luft und drückt auf meine Ohren.

So schummrig im Kopf war mir das letzte Mal, als ich vor der Klasse mein Referat über die Mongolische Rennmaus halten musste. Da hatte ich auch das Gefühl, jemand hätte mir Watte in die Ohren gestopft. Das Einzige, was ich gehört habe, war meine eigene quäkende Stimme. Übrigens ist Rennmaus ein gutes Stichwort, weil hier alle noch hektischer rumflitzen als die Rennmäuse im mongolischen Wüstensand. Aus irgendeinem Grund scheinen es Zugreisende wahnsinnig eilig zu haben. Die Leute ziehen im Laufschritt ihre ratternden Rollkoffer hinter sich her und sausen im Slalom umeinander rum, um sich gegenseitig zu überholen. Ich frage mich, warum nicht alle zehn Minuten früher kommen, dann könnten sie sich die ganze Hektik sparen.

Norbert lässt sich von dem Gerenne zum Glück nicht anstecken. In meinem hellblauen Regencape zockelt er seelenruhig neben Zoe her, die ihn so elegant an der Leine führt wie eine vornehme Dame ihren Pudel. Unsere Tarnung ist perfekt gelungen. Rüssel und Stoßzähne werden vom glatten Stoff meines Regencapes verdeckt, und wenn doch einmal die Rüsselspitze darunter hervorlugt, bin ich blitzschnell zur Stelle und ziehe ihn wieder nach unten.

Wir haben beschlossen, dicht beieinanderzubleiben, und bahnen uns zu viert unseren Weg durch die Menge, auf der Suche nach einem Fahrkartenschalter. Gleich wird sich zeigen, ob unsere Reise zu Ende ist, ehe sie richtig angefangen hat. Wir haben Finn unser gesamtes Geld anvertraut: 38,64 Euro. Da sein eigener Beitrag ungefähr der Zahl hinter dem Komma entspricht, hat er zum Ausgleich angeboten, die Sache mit dem Ticketkauf in die Hand zu nehmen. »Lasst mich nur machen«, waren seine Worte, doch nach der Sache mit dem Geld und dem Masterplan bin ich nicht sicher, ob sie mich wirklich beruhigen.

»Da vorne!« Finn marschiert schnurstracks auf einen freien Schalter zu, hinter dem ein Bahnbeamter mit hellblauem Hemd und dunkelblauem Pullunder sitzt. Wie ein Fahrkartenverkäufer sieht er allerdings nicht aus, weil er in einer Zeitschrift blättert und ein Wurstbrot mampft. Direkt vor der kleinen Glasscheibe des Schalters stellt sich Finn auf die Zehenspitzen, um auf sich aufmerksam zu machen. Der

Mann blättert schmatzend um und würdigt ihn keines Blickes.

»Ähem!«, räuspert sich Finn.

Der Mann blickt seufzend auf und legt sein angebissenes Wurstbrot auf die Zeitschrift. »Ja, bitte?«, nuschelt er mit vollem Mund.

»Wir möchten drei Fahrkarten nach Garmisch-Partenkirchen kaufen«, sagt Finn seinen einstudierten Text auf. »Bitte mit Kinder- und Hundeermäßigung.«

»Kinder bis einschließlich 14 Jahren dürfen mit ihren Eltern kostenlos mitfahren«, gibt der Wurstbrotmann bekannt. »Hunde zahlen die Hälfte.«

»Die Hälfte von kostenlos?« Finn ist verwirrt.

»Die Hälfte vom normalen Fahrpreis, mein Kleiner«, sagt der Mann gutmütig. »Wo ist denn euer Fiffi?«

»Unser was?«

»Na, euer Hund. Hast du nicht gerade was von Hundeermäßigung gesagt?«

»Hier ... hier ist er«, antwortet Zoe und macht mit Norbert einen Schritt nach vorne. »Er ist sehr gut erzogen«, fügt sie sicherheitshalber hinzu.

Der Mann wirft Norbert einen amüsierten Blick zu. »Ach, wie putzig. Und wo sind eure Eltern?«

»Die sind schon vorgefahren«, versichert Finn.

»Vorgefahren?« Der Mann scheint plötzlich misstrauisch zu werden. »Also, ohne Begleitperson kann ich euch nur normale Tickets ausstellen. Mit Rückfahrt und Sitzplatzreservierung?«

Wir nicken kleinlaut.

Der Mann tippt mit seinen fettigen Fingern auf der Tastatur herum und spricht alles mit, was er in den Computer eingibt: »Drei Kinder nach Garmisch, hin und zurück, mit Hund, zweiter Klasse ...« Tipp, tipp, tipp, kurze Pause. »Macht 82,40.«

Oh nein, denke ich frustriert und schließe kurz die Augen. Alles aus und vorbei. Finns Masterplan hat versagt. Und was mich am meisten daran ärgert, ist, dass ich's von Anfang an gewusst habe. Wie konnten wir nur so naiv sein? Mit ein bisschen Taschengeld zu viert in die Berge fahren – inklusive Straßenbahn, U-Bahn, Eisenbahn und Seilbahn –, da lachen ja die Hühner!

»Gibt es denn kein Familienticket oder so was?«, höre ich meine Rennmaus-Referats-Stimme quaken. Ich weiß kaum, wie ich dorthin gekommen bin, doch plötzlich stehe ich ganz vorne und blicke dem Wurstbrotmann direkt in sein aufgedunsenes rotes Gesicht.

»Gibt es schon«, erklärt er mit genervtem Seufzen, »aber zu einer Familie gehören ja wohl nicht nur Kinder und Hunde, sondern auch Erwachsene, oder wie seht ihr das?«

Ich suche fieberhaft nach einer klugen Antwort. Durchforste jeden Winkel meines Kopfes, aber da ist nur gähnende Leere. Wie gelähmt glotze ich auf das angebissene Wurstbrot, in dem die Zähne des Mannes einen perfekten Abdruck hinterlassen haben. Dieser schnappt sich einen Kugelschreiber und trommelt damit ungeduldig auf die Tischplatte. *Klackerdiklack*. Wahrscheinlich haben wir ihn schon viel zu lange von seiner Zeitschrift und seinem Wurstbrot abgehalten. *Klackerdiklack*.

»Ohne Begleitperson kein Familienticket, kapiert?«, bellt er plötzlich. Seine Schweinsäuglein werden zu fiesen schmalen Schlitzen.

»Aber wir sind Geschwister und der Hund ist unsere Begleitperson«, starte ich einen letzten verzweifelten Versuch.

Das Gesicht des Mannes wird so rot wie eine reife Erdbeere. »Verarschen kann ich mich alleine, du Rotzlöffel!«

Kämpfen, MacFarlane! Denk an deine schottischen Vorfahren!

»Das ist der Blindenhund meiner Schwester«, flunkere ich. »Ohne seine Begleitung ist sie völlig aufgeschmissen.«

»Hä???« Der Mann glotzt mich an, als würde ich plötzlich Chinesisch reden. Dann guckt er zu Zoe rüber, die effektvoll ihre Augen verdreht und mit unsicherer Stimme fragt: »Henry, Finn, seid ihr noch da?«

»Hier sind wir, Schwesterherz. Alles in Ordnung!« Finn nimmt sie fürsorglich am Arm. »Die Arme ist seit ihrer Geburt so blind wie ein Maulwurf«, erklärt er dem Erdbeermann hinter dem Schalter. »Und ihr neuer Blindenhund muss erst noch eingearbeitet werden.«

Die Gesichtsfarbe des Mannes wechselt von Erdbeere zu Himbeere. Er sieht jetzt so geladen aus, als würde er uns am liebsten eine Tracht Prügel versetzen.

»Wir hätten also gern ein Familienticket mit Blindenhund«, füge ich unschuldig hinzu.

Der Himbeermann knurrt wie ein Kampfhund, kurz bevor er zum Angriff übergeht. Dann haut er – zack, zack, zack – auf ein paar Knöpfe, druckt vier Karten aus und pfeffert sie auf die Theke. »Macht zwanzig Euro!«, blafft er uns an. »Und haut bloß ab, ihr Nervensägen, ehe ich es mir anders überlege!«

Finn lässt Zoes Arm los, kramt kurz in seiner Hosentasche und schiebt dem Mann einen zerknüllten

Zwanziger rüber, während ich mir die vier Fahrkarten schnappe.

»Vielen, vielen Dank! Unsere Eltern werden das sehr zu schätzen wissen«, blubbere ich. Doch ehe ich weiteren Unsinn plappern kann, reißen mich meine Geschwister samt Blindenhund mit sich fort, unserem Zug nach Garmisch entgegen.

***

Gedankenverloren blicke ich aus dem Fenster. Lasse sonnenbeschienene Felder, öde Bauernhöfe und kahle Bäume an mir vorbeiziehen, während die Räder auf den Schienen ein leises Lied dazu singen: *Gadagunk, gadagunk, gadagunk*.

Alles kommt mir so unwirklich vor. Als säßen wir in einem fahrenden Kino und würden einen Naturfilm anschauen. Am schwimmbadblauen Himmel schweben weiße Wolkengebilde, so luftig und federleicht wie Zuckerwatte.

Es ist schön, so zu reisen, denke ich, wäre da nicht die Sorge um Norbert, der seine Rolle als Hirtenhund allerdings vorbildlich spielt. Nur noch bellen müsste er ab und zu, aber vielleicht ist das von einem schlafenden Mammut zu viel verlangt. Immerhin hat sich Norbert auf dem Boden so breitgemacht, dass niemand mehr zu uns ins Abteil passt. Der Stoff meines Regencapes bedeckt ihn wie ein großes blaues Zelt.

Finn hat seinen Fellmantel aufgeknöpft und Zoe ihre Füße unter Norberts Bauch geschoben. Keinem von uns ist nach Reden zumute, aber die Stille hat nichts Beklemmendes an sich. Gute Freunde können auch miteinander schweigen, hab ich mal irgendwo gelesen. Und so, wie wir jetzt schweigen, müssen wir verdammt gute Freunde sein. Manchmal bleiben unsere Blicke für ein paar Sekunden aneinander hängen. Dann gucken wir uns so lange an, bis einer anfängt zu lachen. Es ist wie ein Spiel, das wir nicht verabredet haben.

Nach einer Weile hört dieses Spiel von alleine auf und jeder ist wieder mit sich selbst beschäftigt. Wahrscheinlich gehen uns allen dieselben Fragen durch den Kopf: Wie krank ist Norbert wirklich? Und selbst wenn wir es bis auf die verschneite Zugspitze schaffen – wird er dort sofort wieder gesund werden?

Mich beschleicht das mulmige Gefühl, dass wir mit unserer Eis-und-Schnee-Theorie total auf dem Holzweg sind. Mag ja sein, dass Mammuts aus frostigen Zeiten und Regionen stammen. Schon möglich, dass es Norbert in meinem Zimmer viel zu warm ist. Aber wenn ihm so warm ist, warum wird sein Körper dann nicht auch wärmer, sondern immer kälter? Warum dann diese schrecklichen Anfälle, die ihn so kalt und starr werden lassen wie ein Stück Holz? Ist das nicht ein totaler Widerspruch?

In diesem Moment bin ich mir sicherer als je zuvor, dass er an einer rätselhaften Krankheit leidet, die ihn immer müder und träger macht. Die dafür sorgt, dass er mit jeder Stunde, die vergeht, etwas von seiner Energie verliert. Gestern hat er fast den ganzen Tag gepennt, und auch heute im Zug hat es keine Minute gedauert, bis er auf den Boden geplatscht ist und die Augen zugeklappt hat.

Ich lasse unauffällig meine Hand nach unten gleiten und streiche mit den Fingern unter dem Saum des Regencapes entlang. Das Fell fühlt sich stumpf an und der Körper darunter ist schon wieder bedrohlich steif geworden. Ich versuche, ihn leicht zu kitzeln, doch Norbert reagiert nicht auf meine Berührung.

Seine Augen unter den dünnen Lidern bewegen sich hin und her, als suchten sie irgendwas. Ob Mammuts träumen? Vielleicht träumt Norbert ja von Eis und Schnee. Von seinen Eltern und Geschwistern, mit denen er einst durch die endlosen Weiten der Tundra wanderte. Vielleicht träumt er aber auch von Zoe, Finn und mir. Von leckeren Matheheften, dem besten Versteck in meinem Zimmer und einem blubbernden Schaumbad.

»Henry!«

»Äh, was?«

Zoe zeigt angespannt in Richtung Tür, doch ehe ich kapiere, was Sache ist, wird sie mit einem Ruck aufgezogen.

»Ihre Fahrkarten, bitte!«

Die Schaffnerin ist auf der Schwelle stehen geblieben, weil der schlummernde Norbert es ihr unmöglich macht, auch nur einen Fuß in unser Abteil zu setzen.

Ich greife in die Innentasche meines Anoraks und fummele umständlich die vier verknickten Tickets heraus. Zum Glück macht die Schaffnerin ihren Arm ganz lang, sodass ich nicht aufstehen muss, um sie ihr zu geben.

Ihr stirnrunzelnder Blick wandert von mir zu Zoe, von Zoe zu Finn und von Finn zu Norbert, wo er lange kleben bleibt. Dann blättert sie noch mal die Fahrkarten durch und denkt einen Moment nach. »Wo habt ihr denn diese Fahrkarten her?«, fragt sie neugierig und nicht direkt unfreundlich.

»Die … die hat man uns am Bahnhof gegeben«, antwortet Finn mit einem Anflug von Hektik.

»Also wir haben sie dort gekauft«, fügt Zoe rasch hinzu.

Die Schaffnerin schüttelt leicht ihre dunklen Locken, nimmt eine Zange zur Hand und kneift sie – knips, knips, knips, knips – einmal um jede Fahrkarte zusammen. »Dann wünsche ich noch eine angenehme Reise«, sagt sie schmunzelnd, gibt mir die Tickets zurück und zieht die Tür hinter sich zu.

Wir beugen uns neugierig über die abgeknipsten Fahrkarten. Gucken zum ersten Mal, was da eigentlich draufsteht.

»Mitarbeiterticket«, liest Zoe vor. »Mit Kollegenrabatt.«

»Guckt mal, was hier steht«, ergänze ich und tippe auf die winzigen Buchstaben am unteren Rand. »Nur gültig für Mitarbeiter der Deutschen Bahn.«

Für ein paar Sekunden schauen wir uns fragend an.

»Wusste gar nicht, dass die auch Mammuts einstellen«, sagt Finn trocken.

Dann prusten wir los.

DER GIPFEL DER WELT

Ein letztes Schaukeln, ein kurzer Ruck, dann fahren die Türen der Seilbahn quietschend auseinander. Die Menschen drängeln und quetschen sich durch die schmale Öffnung, als gäbe es einen Preis für denjenigen, der zuerst an der frischen Luft ist. Nachdem alle draußen sind, verlassen auch wir den großen gläsernen Kasten, der uns an einem Drahtseil bis auf die Spitze des Berges transportiert hat. Das letzte Stück war so steil, dass ich vor Aufregung fast das Atmen vergessen hätte. Als würde man direkt in den Himmel hinaufgezogen.

Norbert hat sich die ganze schaukelnde Fahrt über in den hintersten Winkel verkrochen und dort vor sich hin gebibbert. Entweder vor Kälte oder vor Aufregung oder wegen beidem. Jedenfalls haben wir zu dritt um ihn herumgehockt und ihm zur Beruhigung den Hals und die Ohren gekrault.

Mit schweren Schritten schlurft er jetzt über den schwarzen Gummifußboden der Bergstation. Zoe führt ihn immer noch an der Leine, als wir aus dem Schatten des hohen Dachs treten und plötzlich im gleißenden Licht stehen. Die Helligkeit blendet mich wie der Strahl einer riesigen Taschenlampe. Meine Augen kneifen sich von alleine zu, während mir ein eiskalter Wind ins Gesicht schlägt.

Als sie sich wieder öffnen, bleibt mir fast die Spucke weg. Unzählige weiße Bergspitzen umgeben uns wie ein gezacktes Meer. Darüber jagen bleigraue Wolkenfetzen dahin, die dafür sorgen, dass sich Licht und Schatten ständig abwechseln. Doch selbst im Schatten ist diese unendliche Schneewüste so hell, dass ich es bereue, meine Sonnenbrille nicht mitgenommen zu haben.

»Ist das nicht Wahnsinn?«, ruft Finn begeistert. »Wie in Sibirien!«

Dein Outfit ist auch Wahnsinn, denke ich, während Finn die Ohrenschützer seiner Fellmütze nach unten klappt und sie unter dem Kinn zusammenknotet. Die Mütze sieht aus, als säße ihm ein braunes Plüschtier auf dem Kopf. Danach verschwinden seine Hände in altertümlichen Fausthandschuhen, die so groß sind wie Kinderschlafsäcke.

»Das ist wunderschön«, haucht Zoe, womit sie bestimmt nicht Finns Klamotten meint. Im Zug hat sie sich zwei schmale Zöpfe geflochten, die jetzt unter ihrer orangen Strickmütze hervorlugen. Ein weißer Schleier tanzt aus ihrem leicht geöffneten Mund. »Als wäre man auf dem Gipfel der Welt«, murmelt sie und guckt wieder so benebelt wie damals, als ihr Norbert seinen Rüssel ins Ohr gesteckt hat.

Ich will ihr gerade recht geben, da schnappt sich Finn die Leine aus ihrer Hand und ruft: »Showtime!«

Mit seinen klobigen Winterstiefeln trampelt er wild drauflos. Norbert bleibt nichts anderes übrig, als schwerfällig hinter ihm herzuhoppeln.

»Juchhu!«, schreit Finn übermütig, bückt sich und schaufelt mit seinem Riesenhandschuh die weiße Pracht auf. »Na, alter Junge, was sagst du? Ist doch richtiges Tundra-Feeling hier!«

Eine Ladung Schnee fliegt durch die Luft und klatscht Norbert in sein verdutztes Gesicht. Der schüttelt sich beleidigt, geht in die Knie und färbt den Schnee unter sich gelb.

»Er hat Pipi gemacht!«, ruft Finn begeistert. »Er hat Pipi gemacht! Das ist ein gutes Zeichen!« Ein älteres Ehepaar stapft kopfschüttelnd an uns vorbei und wirft Norbert einen missbilligenden Blick zu.

Zoe und ich lächeln uns erleichtert an. Vielleicht wird ja doch alles gut, denke ich hoffnungsvoll. Eine winzige Schneeflocke landet auf Zoes Stupsnase und löst sich dort auf. Ich hebe erstaunt den Kopf und blinzele in den trüben Himmel, aus dem sich weitere Flocken lösen. Nur an wenigen Stellen blitzt noch ein wenig Blau durch die dunklen Wolken, die in einem irren Tempo über uns hinwegsegeln.

»Jetzt geht die Party richtig los!«, ruft Finn ausgelassen und zerrt unser müdes Mammut hinter sich her. »Ja, was für ein tolles Mamm…, äh, was für ein toller Hund du bist! Komm, Bello!«

»Finn, warte!«, rufe ich.

Aber die beiden scheinen mich gar nicht zu hören, sondern stampfen einfach weiter, mitten hinein in den aufziehenden Nebel.

»Finn! Norbert! Jetzt wartet doch!«

Das Letzte, was ich von den beiden sehe, ist Norberts schaukelnder blauer Umhang. Dann werden beide von der grauen Suppe verschluckt.

Zoe zwinkert sich das Weiße von den Wimpern

und formt ihre Hände zu einem Trichter. »Kommt zurück!«

Stille. Wir schauen uns ratlos an.

»Wo seid ihr?«, rufe ich aus vollem Hals.

»Hier sind wir!« Finns Stimme ist leiser geworden und erzeugt ein merkwürdiges Echo. Man kann kaum noch sagen, aus welcher Richtung sie kommt.

»Wooo?«, rufen wir im Chor.

»Hiieer!«, hallt es geisterhaft aus der Ferne.

Zoe und ich stapfen ihnen ein Stück hinterher, und ich fasse es nicht, wie anstrengend das ist. Als hätte man Bleigewichte an den Stiefeln. Mit jedem Schritt sinken wir ein bisschen tiefer in den weichen Untergrund ein. Schließlich bleiben wir erschöpft stehen und schauen uns ratlos um. Der zunehmende Schneefall scheint alle Geräusche zu verschlucken. Nur das Knirschen unter unseren Schuhsohlen kommt mir unnatürlich laut vor.

»Wir dürfen auf keinen Fall zu weit von der Bergstation weggehen«, keucht Zoe, »sonst finden wir nie mehr zurück.«

Ich weiß nicht, ob mich schon mal zwei Wörter so erschreckt haben. Was meint sie mit *nie mehr*?

»Finn! Norbert!«, schreie ich ins undurchdringliche Grau und schmecke den Schnee auf den Lippen. »Finn, verdammt!«

Aber es kommt keine Antwort. Nur der böige Wind pfeift in meinen Ohren und treibt jetzt fiese harte Flocken vor sich her, die einen ins Gesicht piksen wie Stecknadeln. Mit schneeblinden Augen versuche ich, Finns und Norberts Fußspuren zu erkennen. Doch entweder haben wir die Spuren schon verloren oder der Flockennachschub von oben hat sie bereits zugeschneit. Ich drehe mich einmal im Kreis. Habe völlig die Orientierung verloren. Weit und breit ist kein Mensch mehr zu sehen oder zu hören. Keine Umrisse, keine Stimmen, nichts. Als wäre man ganz allein auf der Welt oder als wäre die Welt verschwunden.

In diesem Moment ist mir echt zum Heulen zumute. Dabei wollten wir doch nur ein bisschen Winterfeeling haben, damit sich Nobert wie ein richtiges sibirisches Mammut fühlt und wieder gesund wird. Und jetzt ist mein bester Kumpel mit ihm abgehauen, und wir alle haben uns in dieser beschissenen Schneehölle verlaufen, in der kleine Rüsseltiere und zehnjährige Kinder nichts, aber auch gar nichts verloren haben.

Bei allem, was man anfängt …, blökt schon wieder Papas nervige Stimme in meinem Kopf. Er klingt wie ein Ziegenbock, der seit Jahren denselben Satz meckert. Doch diesmal kann er ihn nicht beenden, weil meine Granny ihn unterbricht: *Die MacFarlanes waren stets verwegene Kämpfer. Und lass dir gesagt sein, mein Junge, dass ihr Blut auch durch deine Adern fließt!*

Sofort fühle ich eine neue Stärke in mir. Ein warmes Gefühl durchströmt meine Brust. Ich schließe die Augen und sehe das Gesicht meiner Granny vor mir. Das stolze und unbeugsame Gesicht einer schottischen Kämpferin.

Also werden auch wir das verteidigen, was uns am Herzen liegt, und für das kämpfen, was uns wichtig ist!

In Gedanken fasst meine Granny mich an den Schultern und zwinkert mir aufmunternd zu. Ich horche in die Stille, ob mein Vater vielleicht noch einen Kommentar abgibt, aber der Ziegenbock ist verstummt.

»Du hast recht«, sage ich zu Zoe. »Wir müssen zur Bergstation zurückgehen.«

»Aber Finn und Norbert …«

»Die kommen schon zurecht«, entgegne ich. »Erst mal müssen wir uns selbst in Sicherheit bringen. An der Bergstation können wir bestimmt Hilfe holen, wenn das Wetter nicht besser wird.«

Zoe nickt ernst und zieht sich ihre Mütze bis über die Augenbrauen. Ihr rotfleckiges Gesicht scheint sich in der Kälte zusammengezogen zu haben und sieht plötzlich winzig klein aus.

Zwei schemenhafte Gestalten huschen mit gesenkten Köpfen an uns vorbei. Vielleicht ist es das Paar von vorhin. Vielleicht irgendwelche anderen Leute, die sich ebenfalls vor dem aufziehenden Schneesturm in Sicherheit bringen wollen. Ich will ihnen etwas zurufen, doch sie sind schon wieder verschwunden.

Mit entschlossenen Schritten folgen wir ihrer Richtung. Die heftigsten Böen kommen jetzt direkt von hinten und schubsen uns vor sich her. Schlagen uns mit großen Händen auf den Rücken und schaufeln uns Schnee in den Nacken. Wie gemeine Jungs auf dem Schulhof. Es dauert nicht lange, bis der Schnee in meinem Nacken schmilzt und mir eiskalte Tropfen den Rücken runterrieseln, aber einem echten MacFarlane macht das nichts aus. Wortlos drücken wir unsere Schultern aneinander, was ein gutes Gefühl ist. So können uns die gemeinen Böen weniger anhaben.

Plötzlich bleibt Zoe stehen und lauscht. »Hör mal.« Ein dumpfes Motorengeräusch dringt zu uns herüber. Es ist ein leises und gleichmäßiges Brummen, das die Schneeluft erfüllt und uns magisch anzieht. Das Brummen einer Seilbahn. Wir spähen durch das Schneegestöber, ob nicht irgendwo das Dach der Bergstation vor uns auftaucht. Stapfen weiter geradeaus, aber jetzt wird das Brummen wieder leiser und der Schnee so tief, dass wir unsere Beine kaum noch aus ihm herausziehen können. Meine Jeans ist nass bis zu den Knien und klebt mir an der kalten Haut. Erneut lauschen wir angestrengt und kämpfen uns ein wenig nach links vor, heraus aus dem Tiefschnee. Das Brummen wird plötzlich lauter, viel lauter. Ein paar Stimmen mischen sich darunter.

Von einer auf die andere Sekunde ragt eine weiße Hauswand vor uns auf, als wäre sie in diesem Moment aus der Erde gewachsen. Davor parken zwei Pistenraupen. Das muss die Rückseite der Bergstation sein. Ich bin so erleichtert, dass ich Zoe am liebsten um den Hals fallen würde, aber das traue ich mich nicht. »War doch gar nicht weit«, sagt der Schotte in mir.

Nebeneinander laufen wir an der Hauswand entlang, dorthin, wo die Stimmen sind. Am Eingang drängen sich etwa zwanzig Leute zusammen und warten auf die nächste Gondel, die sie aus dieser Schneehölle wieder ins sichere Tal hinunterbringt.

Ich will gerade noch was Lässiges hinzufügen – dass ich schon immer eine gute Orientierung hatte oder so was –, als Zoe mich plötzlich stehen lässt und juchzend auf eine kleine Bank zurennt, die im Innenraum der Station an der Wand steht. »Da seid ihr ja!«, ruft sie und fällt Finn um den Hals.

Na toll, denke ich frustriert und habe sofort ein schlechtes Gewissen, weil ich mich natürlich auch riesig darüber freue, dass wir keine Vermisstenmeldung bei der Bergpolizei aufgeben müssen.

Da sie Finn immer noch nicht loslässt, gehe ich vor Norbert in die Knie und drücke ihn an mich. Ich glaube, auch er freut sich wahnsinnig, mich zu sehen. Habe ich da nicht sogar ein leises »Jau« gehört? Allerdings sieht er gar nicht wie ein stolzes sibirisches Mammut aus, sondern wie ein Häufchen Elend. Seine tränenden Kulleraugen werfen mir einen matten Blick zu. Dann fängt mein Regencape plötzlich an zu zittern wie ein blauer Wackelpudding. »Hatschi!« Zu allem Überfluss scheint sich Norbert eine fette Erkältung eingefangen zu haben. »Hatschi!«

Zoe und ich tauschen die Plätze. Das heißt, sie umarmt jetzt Norbert und ich würde Finn am liebsten eine kleben. »Warum bist du denn abgehauen?«, brülle ich ihn an.

»Konnte ja nicht ahnen … das mit dem Schneesturm …«, stottert er kleinlaut.

»Lasst uns nach Hause fahren«, sagt Zoe und drückt Norbert einen Schmatzer auf die Stirn. »Ich glaube, unser Kleiner braucht dringend ein warmes Bad.«

»Hatschi!«

DONNERSTAGNACHMITTAG

DAS ELEFANTENKIND

Aus dem warmen Bad ist gestern nichts mehr geworden. Norbert war einfach zu schlapp dafür. Die ganze Rückfahrt über lief ihm die Nase beziehungsweise der Rüssel. Durch seine wässrigen Augen zogen sich winzige knallrote Adern, die aussahen wie ein Spinnennetz oder eine geplatzte Glasscheibe. Zoe meinte, das käme vom Wind. Am Ende konnte sich unser röchelndes, niesendes und schniefendes Sorgenkind kaum noch auf den schlotternden Beinen halten. Zoe und Finn mussten Norbert bei uns die Treppe raufschleppen, während ich meine Granny abgelenkt habe. In meinem Zimmer haben sie ihn dann gleich in seine Lieblingsecke gelegt, ihm das Regencape über den Kopf gezogen und ihn gut zugedeckt. Als ich ein paar Minuten später zu ihm nach oben kam, war er schon tief eingeschlafen und hat durchgepennt bis heute Mittag.

Natürlich überlegen wir die ganze Zeit, was wir jetzt tun sollen. Unser Ausflug in die Berge war jedenfalls ein totaler Reinfall. Und wenn ihr mich fragt, ich lege auch keinen Wert darauf, da so schnell noch mal hinzufahren, ob mit oder ohne Mammut. Ist ja echt lebensgefährlich, da oben. Zuerst knallt dir die Sonne ins Gesicht und du denkst, hey, was für 'ne tolle Aussicht, und keine Minute später stehst du mitten in einem höllischen Schneesturm und kannst von Glück reden, wenn du da lebend wieder rauskommst. Na, danke schön, darauf kann ich verzichten.

Ich kann mir auch nicht vorstellen, dass Mammuts daran ihren Spaß haben. Norbert hatte jedenfalls keinen, so viel steht fest.

Im Internet haben wir uns dann noch mal die Fotos der sibirischen Mammuts angeschaut, und plötzlich fiel es uns wie Schuppen von den Augen: Diese gruseligen Urviecher sahen eigentlich komplett anders und vor allem viel hässlicher aus als unser kleiner schnuckeliger Norbert. Der hat nämlich braune Kulleraugen, fluffige Schlappohren und kurze, niedliche Stoßzähne. Die sibirischen Monster dagegen hatten extrem lange, nach oben gebogene Stoßzähne und riesige unförmige Köpfe. Wahrscheinlich haben die nebenher in der Geisterbahn gearbeitet.

Konnte also gar nicht klappen, die Sache mit der Zugspitze, weil Norbert eben doch kein sibirisches Mammut ist. Aber was ist er dann?

Wir alle haben das beklemmende Gefühl, dass uns nicht mehr viel Zeit bleibt, um das herauszufinden. Erst mal muss er jetzt seine Erkältung auskurieren, und natürlich haben wir einen Riesenbammel davor, dass er wieder einen dieser Anfälle bekommt, die ihn ganz leblos und starr machen. Hätte Norbert noch genug Energie, um sich von solch einem Anfall zu erholen?

Schließlich ist Zoe auf die Idee mit dem Zoo und den Elefanten gekommen. Der Zoo ist ganz in der Nähe, und trotz seiner dichten Zotteln hat Norbert mit den majestätischen und gutmütigen Elefanten viel mehr Ähnlichkeit als mit diesen sibirischen Schreckgestalten.

Also habe ich im Stillen einen Entschluss gefasst. Es ist der schwerste Entschluss meines Lebens. Wenn

Norbert zu erkennen gibt, dass er lieber bei den Elefanten als bei uns bleiben möchte, und wenn die Elefanten zeigen, dass sie ihn in ihre Herde aufnehmen würden, dann lassen wir ihn einfach da. Dann müssen wir es tun. Ich meine, besser ein gesunder und glücklicher Norbert im Zoo als ein kranker und unglücklicher Norbert in meinem Zimmer, oder? Wir könnten ihn ja jederzeit besuchen, denke ich mit zitternder Unterlippe und schlucke meine Tränen runter. Ich muss jetzt stark sein. Für Norbert.

* * *

Mit Norbert im Kinderanhänger rollen wir über den schmalen asphaltierten Weg, der sich hinter dem Zoo entlangzieht. Ich sitze auf dem quietschenden Fahrrad von Finns älterem Bruder, dessen Pedale ich nur mit den Fußspitzen erreiche. Immer wenn wir anhalten, muss ich vom viel zu hohen Sattel springen, um nicht umzukippen.

Finn zieht den Anhänger hinter sich her, in dem seine Eltern ihn selbst hinter sich hergezogen haben, als er noch ein kleiner Knirps war. Wie gut, dass bei denen nichts weggeworfen wird, denke ich.

»Da vorne!« Zoe zeigt auf das grüne Rolltor, das dieselbe Farbe wie der Zaun hat und nur deshalb auffällt, weil da ein Schild mit riesigen Buchstaben dran befestigt ist: ZUTRITT FÜR UNBEFUGTE VERBOTEN!

Hier sind wir richtig. Denn natürlich sind wir nicht so plemplem, mit unseren Fahrrädern beim offiziellen Besuchereingang aufzukreuzen. Fahrräder sind im Zoo nämlich verboten, das Mitbringen von Haustieren erst recht, und das Reinschmuggeln kranker Mammuts ist dreimal verboten.

Finn fasst noch mal den heutigen Plan zusammen, hütet sich aber, von einem Masterplan zu reden: »Wir fahren also bis zum Elefantengehege, warten auf einen günstigen Moment und heben Norbert aus dem Wagen. Zwei von uns machen die Elefanten auf ihn aufmerksam und einer zieht das Regencape hoch, damit sie Norberts Rüssel und seine Stoßzähne sehen. Damit ihnen klar wird, hey, das ist ja einer von uns, dem müssen wir gleich mal Guten Tag sagen.«

»Das muss aber alles ganz schnell gehen«, erwidert Zoe nervös, der die ganze Sache nicht geheuer ist. »Wenn uns irgendjemand sieht, ein Wärter oder so, dann sind wir geliefert. Dann schmeißen sie uns achtkantig raus und kassieren unseren Norbert ein. Das dürfen wir auf keinen Fall riskieren!«

»Und ein lebenslanges Besuchsverbot kriegen wir auch noch«, füge ich unheilvoll hinzu. Von meinem

Entschluss, Norbert bei den Elefanten zu lassen, falls er sich dort wohlfühlt, habe ich vorsichtshalber nichts erzählt. Zum einen, weil ich schon nach wenigen Worten in Tränen ausgebrochen wäre. Zum anderen, weil ich mir immer noch nicht sicher bin, ob ich das auch wirklich tun würde, wenn's drauf ankommt.

»Jetzt malt bloß nicht den Teufel an die … hey, guckt mal, da vorne!«, sagt Finn plötzlich und hebt sein Kinn.

Ein weißer Lieferwagen nähert sich von der anderen Seite des Weges. Ungefähr zwei Meter vor dem Tor hält er an, lässt den Motor aber weiterlaufen. Wir tun so, als würden wir rein zufällig hier rumstehen, gucken in die Luft und pfeifen vor uns hin. Der Fahrer scheint uns nicht zu beachten, aber ich traue mich auch nicht, zu ihm rüberzugucken. Knirschend gleitet das Tor zur Seite, worauf der Wagen im Schritttempo hindurchrollt. Bingo.

Sobald das Fahrzeug nicht mehr zu sehen ist, springen wir auf unsere Räder und strampeln los, um die kurze Zeit zu nutzen, in der das Tor geöffnet ist. Mein Herz wummert wie wild. Ist auch wirklich das erste Mal, dass ich heimlich auf ein fremdes Grundstück schleiche, besser gesagt, rolle. Ehrenwort.

Auf dem Zoogelände biegt der Lieferwagen nach links ab und tuckert auf ein Blockhaus zu, das neben einem kleinen Teich steht. Hinter mir raschelt und knackt irgendwas. Als ich einen Blick über die Schulter werfe, meine ich eine dunkle Gestalt wahrzunehmen, die sich nahe am Zaun in die Büsche schlägt. Als wäre noch eine weitere Person heimlich durch das Tor geschlüpft, das sich nun langsam wieder schließt.

Ach, was soll's. Wir sausen einfach geradeaus, schlängeln uns durch vereinzelte Besucher hindurch, radeln an einem glotzenden Elch und ein paar erstaunten Kamelen vorbei, lassen die Pinguine links liegen, biegen bei den Flamingos rechts ab und sehen über den kahlen Bäumen bereits die gläserne Kuppel des Elefantenhauses aufragen.

Norbert liegt mucksmäuschenstill in seinem Anhänger. Hinter dem durchsichtigen Plastikschutz erahne ich seinen trägen Blick. Immerhin sind die roten Spinnennetze in seinen Augen weitgehend verschwunden, doch sein Energielevel ist knapp über null. Die Hundeleine haben wir nicht mitgenommen. Wozu auch? Schließlich wollen wir nicht mit ihm Gassi gehen, und auch so besteht keine Gefahr, dass er plötzlich aus dem Wagen springt und davonläuft.

Wir stellen unsere Fahrräder am äußersten Ende des Elefantengeheges ab, und zwar in Fahrtrichtung, sodass wir ruckzuck wieder abhauen können, wenn es brenzlig wird.

Zwei ausgewachsene Dickhäuter und ein Elefantenkind vertreiben sich die Zeit auf der großen Sandfläche, die sich im Halbkreis um das Elefantenhaus herumzieht. Die übrigen Tiere müssen im Inneren des Gebäudes sein. Die beiden großen Elefanten stehen nahe am Eingang zu ihrer Behausung und stecken die Köpfe zusammen, als würden sie sich leise unterhalten. Der Kleine, der vielleicht ihr Kind ist, versucht mit seinem Rüssel einen Holzstamm vor sich herzurollen.

Ein paar Leute spazieren achtlos am Gehege vorbei. Ein etwa fünfjähriger Junge steht mit seiner Mutter an der Barriere, die die Besucher von den Tieren trennt, und streckt ihr die Arme entgegen. Sie hebt ihn hoch. Sobald die beiden sich verziehen, haben wir freie Bahn, denke ich.

»Hey, mein Kleiner, komm mal her!«, ruft Zoe leise und winkt dem Elefantenkind zu, um es von seinem Holzstamm wegzulocken.

Finn ist neben Norberts Anhänger stehen geblieben und bereitet sich auf seinen Einsatz vor. Ich überlege gerade, ob ich die Mutter mit ihrem Sohn irgendwie ablenken könnte, da hebt das Elefantenkind den Kopf und schaut Zoe neugierig an.

»Ja, komm!«, wiederholt sie mit einem Lachen, und tatsächlich setzt sich das kleine Rüsseltier in Bewegung und trabt direkt auf Zoe zu. Es ist ungefähr doppelt so groß wie Norbert und hat natürlich keine Zotteln, doch ansonsten ist die Ähnlichkeit mit ihm wirklich verblüffend. Das niedliche Schaukeln des Kopfes kommt mir jedenfalls sehr bekannt vor, und dann dieser freche, herausfordernde Blick, der sagt: *Komm, spiel mit mir.*

Zoe scheint irgendwas an sich zu haben, das kleine Rüsseltiere magisch anzieht. Würde mich wirklich nicht wundern, wenn auch dieser Minielefant gleich seinen Rüssel ausfährt und ihn Zoe ins Ohr steckt. Auch Finn scheint die Ähnlichkeit des Elefantenkinds mit Norbert nicht entgangen zu sein. Ein breites Lächeln zieht seine Mundwinkel nach oben. Er geht dem Kleinen entgegen und lässt dabei für ein paar Sekunden sein Fahrrad aus den Augen …

Ein paar Sekunden können verhängnisvoll sein.

Ein paar Sekunden können über Glück und Unglück entscheiden.

Über Leben und Tod.

»Norbert!«, schreie ich panisch, aber zu spät. Ein Mann ist hinter dem nächsten Baum hervorgesprungen, rennt zu Finns Fahrrad und schwingt sich in diesem Moment auf den Sattel. Ich kenne diesen Mann. Wir kennen ihn alle. Es ist Otto! Starr vor Schreck müssen wir mit ansehen, wie er kraftvoll in die Pedale tritt und schon nach wenigen Metern ein Wahnsinnstempo draufhat. Und es bricht mir fast das Herz, als ich einen Blick auf Norberts argloses Gesicht hinter dem Plastikschutz erhasche. Er kann ja auch nicht ahnen, dass er gerade einem schrecklichen Verbrechen zum Opfer fällt. Der Mann ist schon an Zoe und Finn vorbeigezischt und schießt direkt auf mich zu. Ich spiele mit dem verzweifelten Gedanken, Norberts Entführer den Weg zu versperren, mich mit schottischem Heldenmut vor sein rasendes Vorderrad zu werfen. Doch der Anblick seiner abgewetzten schwarzen Lederjacke und der viel zu kleinen Wollmütze, die ihm jeden Moment von der speckigen Glatze zu rutschen droht, hält mich zurück. Seine kleinen Pupillen bohren sich in meine, als wollten sie sagen: Wage es bloß nicht, Junge!

DONNERSTAG, SPÄTER

MAGISCHE FÄHIGKEITEN

»Und wenn Otto ihm was antut?« Zoe lehnt mit dem Rücken an meinem Bett, umklammert ihre Knie und legt den Kopf darauf.

»Das wird er bestimmt nicht tun«, versucht Finn, sie zu beruhigen. »Vielleicht hat Otto ja gar nicht gewusst, dass Norbert im Anhänger war, sondern wollte bloß ein Fahrrad klauen.«

»Seit wann geht man in den Zoo, um ein Fahrrad zu klauen?«, schluchzt Zoe, ohne den Kopf zu heben. »So doof ist doch nicht mal Otto!«

»Er muss uns heimlich gefolgt sein«, erkläre ich

mit gepresster Stimme und schüttele ohnmächtig den Kopf. »Nachdem wir hinter dem Auto durch das Tor gefahren sind, da hab … da hab ich plötzlich …« Ich muss schlucken.

»Was hast du plötzlich?« Zoe schaut mit verweintem Gesicht zu mir auf.

»So eine Gestalt gesehen, die sich im Gebüsch versteckt hat.«

»Und das erzählst du uns erst jetzt?« Finn starrt mich vorwurfsvoll an.

»Woher sollte ich denn wissen …«, wehre ich mich und spüre plötzlich so ein dumpfes Pochen in meinem Hinterkopf. »Ausgerechnet Otto, verdammt! Vielleicht sollten wir doch die Polizei alarmieren.«

»Und was willst du denen sagen, hä? Dass wir Anzeige erstatten wollen, weil man uns im Zoo ein Mammut geklaut hat?« Finn verdreht die Augen und schlägt sich mit der flachen Hand an die Stirn, als wäre ich der größte Volldepp.

Das Pochen in meinem Hinterkopf wird stärker – *tock, tock, tock* –, als ob es mich an irgendwas erinnern will. Ich schließe die Augen und versuche, mich zu konzentrieren. Eine ungefähre Ahnung ballt sich da in meinem Kopf zusammen, vielleicht ist es ein Bild, aber ich kann es nicht festhalten. Als würde ein kleiner Vogel durch meinen Kopf fliegen und zwitschern: Fang mich doch! Doch so oft ich auch nach ihm greife, ich erwische ihn einfach nicht.

Plötzlich springe ich auf, bin mit zwei Schritten an meinem Computer und drücke auf den Startknopf.

Finn ist sofort bei mir. »Was machst du da?«

»Lass uns noch mal die Mammutbilder angucken.«

»Und was soll das bringen?« Zoe streckt sich auf dem Boden aus und dreht sich auf den Rücken. Ihre Stimme klingt genervt.

»Weiß auch nicht, ist nur so ein Gefühl«, murmele ich.

Nachdem sich die Startseite geöffnet hat, gebe ich den Suchbefehl »Sibirisches Mammut« ein und klicke auf *Bilder*.

Verschiedene Fotos und Zeichnungen, die wir alle schon mal gesehen haben, bauen sich nacheinander auf dem Bildschirm auf. Ich scrolle nach unten, lasse meinen Blick über die Seite wandern, will schon auf *Weitere Ergebnisse* klicken, als ich ganz rechts unten ein kleines Bild entdecke, das mich regelrecht anspringt. Ich vergrößere es.

Dann fällt mir die Kinnlade runter.

Auch Finn hat es die Sprache verschlagen.

Ein Foto von Norbert füllt den gesamten Bildschirm aus.

»Ich werd verrückt! Das ist ja ... ich meine, das sieht ja aus wie ...«

»Norbert«, ergänze ich ungläubig und stelle erleichtert fest, dass das Pochen in meinem Hinterkopf aufgehört hat. Natürlich ist das nicht Norbert da auf dem Bildschirm, sondern ein anderes kleines Mammut, das ihm zum Verwechseln ähnlich sieht. Und natürlich handelt es sich auch nicht um ein richtiges Foto, sondern um eines dieser Computerbilder, die täuschend echt aussehen.

Zoes Gesicht schiebt sich zwischen unsere Gesichter. Ihre Augen werden so groß wie Untertassen. »Wo habt ihr das her?«, fragt sie entgeistert.

»Das war zwischen all den anderen Mammutbildern. Ich hab doch gewusst, dass ich's schon mal irgendwo gesehen ...«

»Du hast es schon vorher ...?«

»Also, nicht richtig gesehen«, füge ich rasch hinzu. »Es war nur so eine Ahnung ...«

Zoe nimmt mir die Maus aus der Hand und klickt auf das Wort unter dem Bild: *Kreta-Zwergmammut (Mammuthus creticus)*.

Im nächsten Moment erblicken wir einen langen Text mit weiteren Bildern von Mammuts, die alle so aussehen wie Norbert. Zoe liest sofort vor:

»*Auf der griechischen Insel Kreta lebten vor rund*

750 000 Jahren die kleinsten Mammuts der Welt. Im ausgewachsenen Zustand hatten sie eine Schulterhöhe von 1,13 Meter und ein Körpergewicht von 300 Kilogramm. Zu den Besonderheiten dieser einzigartigen Mammutart gehörten ihre Ernährungsgewohnheiten, weil sich kretische Zwergmammuts ausschließlich von den Blättern und Früchten des Zitronenbaums ernährten. Deshalb wurden sie im Volksmund auch Zitronenmammuts genannt. Alle Versuche, sie an andere Nahrung zu gewöhnen, sind stets gescheitert.«

»Guckt mal, wie niedlich!« Finn tippt auf die zweite Abbildung von unten. Sie zeigt, wie ein Kreta-Zwergmammut neben einem Baum voller gelber Früchte steht und sich mit dem Rüssel eine Zitrone pflückt.

In meinem Kopf rattert es gewaltig. Norbert … Zitronen … da war doch was. Aber Zoe kommt mir zuvor: »Die Zitronenmarmelade! Wisst ihr noch, wie sich Norbert auf die Brötchen von Henrys Oma gestürzt hat?«

»Klar weiß ich das noch«, sagt Finn und scheint immer noch ein bisschen beleidigt zu sein. »War echt ganz schön unhöflich, uns alles wegzufuttern, und hinterher war der ganze Teppich mit Sahne verschmiert.«

»Aber darum geht's doch gar nicht!«, sagt Zoe.

»Ach, und worum geht's?«

»Hier Zitronenmarmelade und dort Zitronen! Hier Norbert und dort auf Kreta Mammuts, die genauso aussehen wie er! Hallo??? Klingelt da was bei euch?«

»Du meinst, Norbert war so begeistert von den Zitronenbrötchen, weil er ein Kreta-Zwergmammut ist?«, frage ich.

»Natürlich!« Zoe zappelt aufgeregt mit den Händen. »Das ist doch sonnenklar! Ich meine, schaut euch die Bilder an, denkt an sein Lieblingsessen, das passt doch alles zusammen!«

»Vielleicht sollten wir erst mal den Artikel zu Ende lesen«, schlägt Finn vor.

»Wo waren wir stehen geblieben?« Zoe fährt mit dem Zeigefinger über den Bildschirm. »Hier! *Kretische Zwergmammuts galten als ausgesprochen liebenswürdige und intelligente Tiere.*«

Genau wie unser Norbert, denke ich.

»Steht da auch was von verfressen?«, will Finn wissen, der offenbar immer noch nicht überzeugt ist.

»Darf ich jetzt weiterlesen?«

Finn macht eine einladende Geste.

»*... liebenswürdige und intelligente Tiere. Auch im Palast von Knossos, dem Wohnsitz des sagen-*

umwobenen Königs Minos, soll es angeblich Kreta-Mammuts gegeben haben. Davon zeugen die gut erhaltenen Wandbilder, die sie beim Spielen oder Raufen mit den Kindern der königlichen Familie zeigen.«

Mir wird ganz warm ums Herz. Und plötzlich bekomme ich eine Stinkwut auf den durchgeknallten Otto, der dafür gesorgt hat, dass wir vielleicht nie wieder mit Norbert spielen oder raufen können. Ich wische mir schnell eine Träne aus dem Augenwinkel.

»*Zugleich wurden den kretischen Zwergmammuts magische Fähigkeiten zugeschrieben, da sie die Eigenschaft besessen haben sollen, plötzlich an den überraschendsten Orten aufzutauchen. In der Blütezeit der minoischen Kultur wurde ihnen gar kultische Verehrung zuteil. ›Wer ein Mammut rettet‹, so heißt es in einer alten kretischen Überlieferung, ›dem schenken die Götter ein langes und glückliches Leben. Wer aber einem Mammut etwas zuleide tut, der soll verflucht sein bis ans Ende seiner Tage.‹«*

»Junge, Junge«, flüstert Finn.

»*Einzelne Nachkommen dieser Art sollen bis auf den heutigen Tag existieren, was wissenschaftlich jedoch nie bewiesen werden konnte. Ein angebliches Beweisfoto aus dem Jahr 2012, das ein Kreta-*

Zwergmammut vor dem Eiffelturm in Paris zeigt, hat sich als plumpe Fälschung herausgestellt.«

Zoe richtet sich auf. »Wenn wir das nur früher gewusst hätten«, sagt sie mit tieftrauriger Stimme. »Wenn wir gewusst hätten, dass Norbert Zitronen braucht, damit es ihm gut geht. Ich wette, dass auch seine Anfälle damit zu tun haben.« Eine glitzernde Träne ist in ihren Wimpern hängen geblieben. »Und jetzt hat ihn auch noch der abscheuliche Otto in seiner Gewalt ...«

Für einen Moment sagt keiner von uns ein Wort. Offenbar brauchen wir alle ein bisschen Zeit, um die sensationelle Neuigkeit von Norberts wahrer Herkunft zu verarbeiten. Dann sprudelt es nur so aus uns heraus:

»Wir müssen Norbert befreien!«

»Ihn retten!«

»Wie denn?«

»Mit Zitronen natürlich!«

»Mit Zitronen können wir doch nicht Otto besiegen.«

»Aber Norbert das Leben retten!«

»Und wo kriegen wir die her?«

»Doofe Frage, aus dem Supermarkt!«

»Der hat aber schon zu.«

»Dann eben morgen früh!«

»Unten in der Küche ist noch Zitronenmarmelade!«

»Die muss auch mit!«

»Und was machen wir jetzt mit Otto?«

»Frag lieber, was der mit uns macht!«

»Erwürgen, am Spieß braten, irgend so was!«

»Das ist nicht lustig!«

»Weiß doch keiner, wo der überhaupt wohnt!«

»Weiß ich schon!«

»Waaas?«, rufen Zoe und ich wie aus einem Mund.

»Ich weiß, wo Otto wohnt«, wiederholt Finn ganz ruhig. »Hab ich mal zufällig rausgekriegt, als ich mit Pluto spazieren war. Ihr kennt doch diese verwilderte Wiese am Ende von unserer Straße.«

Zweifaches Kopfnicken.

»Wenn man da drübergeht, dann kommt man zu einer leer stehenden Fabrik, die schon seit Jahren vor sich hin gammelt.«

Kann ja ein gemütlicher Spaziergang werden, denke ich beklommen.

»Hinter dieser Fabrik steht so 'ne alte Baracke, ja, und in dieser Baracke ...« Er macht eine kleine effektvolle Pause. »Da wohnt Otto.«

FREITAG

DIE BARACKE

Nebeneinander stapfen wir über die matschige Wiese. Der Rucksack mit den dreizehn Zitronen und den zwei Gläsern Zitronenmarmelade zerrt an meinen Schultern. Eigentlich wollte Zoe die teuren Bio Zitronen kaufen – weniger Schadstoffe und so –, aber dann hätten wir viel weniger Zitronen bekommen, und bestimmt hat Norbert einen Mordshunger, nachdem er so lange auf sie verzichten musste.

Wie wir Otto austricksen sollen, weiß allerdings keiner von uns. Haben wir auch nicht mehr drüber gesprochen und sind einfach losmarschiert. Ohne

Strategie. Ohne Taktik. Ohne Plan. Aber Pläne werden wahrscheinlich eh überschätzt. Für die Zugspitze hatten wir einen Masterplan und wären fast einem Schneesturm zum Opfer gefallen. Und für den Zoo hatten wir immerhin einen ganz normalen Plan, und was ist passiert? Eben! Da kann man doch genauso gut auf sein Glück, den Zufall oder das Schicksal setzen, falls es da irgendeinen Unterschied gibt. Wir wissen nur eins: dass Norbert in höchster Gefahr schwebt und wir keine Zeit zu verlieren haben.

»Welcher Tag ist eigentlich heute?«, frage ich wie nebenbei.

»Der Dreizehnte«, antwortet Finn. »Wieso?«

»Ach, nichts.«

So viel zum Thema Schicksal. Freitag, der Dreizehnte. Uns bleibt auch wirklich nichts erspart. Und dann noch dreizehn Zitronen. Eigentlich bin ich ja nicht abergläubisch, aber wenn die Dreizehn zufällig doch eine Unglückszahl ist, was dann?

»Ist es noch weit?«, fragt Zoe, als vor uns die leer stehende Fabrik auftaucht.

Finn schüttelt schweigend den Kopf, packt uns plötzlich beide am Arm und zieht uns nahe an sich heran. Er senkt seine Stimme zu einem verschwörerischen Flüstern: »Von jetzt an müssen wir total leise sein. Wir schleichen uns da vorne über den Hof und dann weiter an der Wand entlang bis zur nächsten Ecke. Von da aus kann man Ottos Baracke sehen. Alles klar?«

Ich nicke mit einem schwindeligen Gefühl im Bauch und Zoe nickt auch. Sie presst die Lippen zusammen wie jemand, der sich vorgenommen hat, unheimlich mutig zu sein, und ich presse die Lippen zusammen wie jemand, der nicht will, dass da auch nur das kleinste Zittern zu sehen ist.

Als wir in gebückter Haltung über das Fabrikgelände huschen, komme ich mir wie in einer fremden kalten Welt vor. An manchen Stellen ist der graue Betonboden aufgeplatzt. Aus den Rissen sprießt stacheliges Unkraut. Alles wirkt so einsam und verlassen, als hätte sich seit Jahren kein Mensch mehr in diese Einöde verirrt. Wir flitzen an der Wand entlang, die mit knallbunten Graffiti übersät ist. Bleiben an der Ecke stehen und schieben unsere Köpfe übereinander. Finns Kopf ist unten, meiner in der Mitte, der von Zoe ganz oben. Wie auf Kommando lugen wir um die Ecke.

Beim Anblick der hässlichen Bruchbude, die höchstens zwanzig Meter von uns entfernt steht, rieselt es mir eiskalt den Rücken runter. Ottos Behausung sieht aus wie eine verfallene alte Scheune.

Doch obwohl sie so krumm und schief ist, als würde sie beim nächsten Windstoß umkippen, kommt sie mir wie eine uneinnehmbare Festung vor. Aus dem halb zusammengekrachten Schornstein kringelt sich eine Rauchspirale in den blassblauen Himmel. Ein leichter Brandgeruch liegt in der Luft.

Vor dem Eingang steht Finns Fahrrad. Der Anblick des leeren Anhängers gibt mir einen Stich, aber so wissen wir jedenfalls, dass Otto Norbert hierhergebracht hat. Ottos eigenes Schrottrad mit den platten Reifen lehnt daneben an der Wand.

Wir ziehen unsere Köpfe wieder zurück. »Vielleicht sollten wir doch lieber warten, bis Otto aus dem Haus geht«, schlägt Finn angespannt vor.

Zoe schüttelt energisch den Kopf. »Dazu haben wir keine …«

»Pst, nicht so laut!« Seine Hände sausen hektisch auf und ab.

»Dazu haben wir keine Zeit«, wiederholt Zoe leise. »Wenn er Norbert was antut, während wir hier warten, würde ich mir das nie verzeihen.«

»Außerdem braucht Norbert dringend seine Zitronen«, werfe ich ein.

»Also gut.« Finn atmet tief durch und saugt vor Aufregung seine Wangen nach innen. »Wenn die Luft rein ist, dann laufen wir, okay?«

Ich nicke stumm und spüre mein Herz in der Kehle schlagen.

Finn riskiert einen weiteren Blick, streckt seinen Daumen nach hinten und zischt los. Zoe und ich hetzen sofort hinterher. Das Blut kocht in meinem Kopf, während ich so schnell und lautlos wie möglich renne, was irgendwie nicht zusammenpasst. Der Rucksack tanzt auf meinem Rücken. Wenn die Marmeladengläser aneinanderschlagen, klirrt es so laut, dass ich glaube, die ganze Welt müsste es hören. *Lauf, Henry, lauf.* Wie in Trance schieße ich auf die dunkle Bretterwand zu. Dann drücken wir unsere Rücken an die alten morschen Planken, von denen ein fauliger Geruch ausgeht. Wir keuchen um die Wette und blicken bange in Richtung Haustür, ob da nicht jeden Moment Otto rauskommt, um uns fertigzumachen.

Aber er kommt nicht raus. Nicht jetzt und auch nicht gleich. Allmählich bringe ich meine Atmung wieder unter Kontrolle. Nur meine Stirn will einfach nicht aufhören zu schwitzen. Wir trippeln ein bisschen näher an das kleine quadratische Fenster heran, das von einem matten gelben Schein erleuchtet wird. Aus irgendeinem Grund stehe ich dem Fenster am nächsten. Zoe und Finn drängen sich von hinten an mich.

»Siehst du was?«, flüstert mir Finn ins Ohr.

Ich strecke den Hals bis zum Äußersten und spähe in einen schummrigen Raum. Hinter der schmutzigen Fensterscheibe erkenne ich einen Holztisch und einen Stuhl. Essensreste liegen direkt auf der Tischplatte. Eine Brotrinde, ein Stück Käse, ein halb gegessener Apfel. Um den Rest des Zimmers zu betrachten, müsste ich meinen Kopf noch weiter nach vorn schieben, aber das traue ich mich nicht.

Ein leises Zwitschern ist zu hören. Ich bin mir nicht sicher, ob es von draußen oder aus der Baracke kommt. Und war da nicht gerade ein leises Miau? Der lang gezogene Laut einer Katze? Ich lausche angestrengt, doch alles ist wieder so still wie zuvor.

Plötzlich zucke ich zusammen, als sich Ottos glänzende Bowlingkugel in mein Blickfeld schiebt. Ich meine natürlich seinen großen runden Kopf, der mich immer an eine Bowlingkugel erinnert. Er trägt ein enges schwarzes T-Shirt, aus dem seine Arme hervorquellen wie dicke weiße Würste. Aber das ist nicht der Grund, warum sich im nächsten Moment jedes einzelne Härchen in meinem Nacken aufstellt. Als er am Tisch vorbeigeht, sehe ich, dass er in einer Hand eine kleine Axt hält, ein richtiges Hackebeil. Sekunden später hört man ein kurzes hartes Geräusch, wie von einem Schlag: *Klack!* Und gleich noch mal: *Klack!*

Das Geräusch geht mir durch Mark und Bein. Ich ziehe meine Freunde weiter vom Fenster weg. »Er hat ein Beil«, flüstere ich ihnen zu und mache eine entsprechende Hackbewegung mit der Hand. Zoe hält sich erschrocken die Hand vor den Mund.

Finn kehrt die Handflächen nach oben und zuckt mit den Schultern, was zweierlei bedeuten kann. Entweder: *Macht euch bloß nicht in die Hose.* Oder: *Ich weiß auch nicht, was wir jetzt tun sollen.*

»Vielleicht gibt es einen Hintereingang«, flüstere ich und spüre, wie sich eine neue Entschlusskraft in meiner Brust sammelt. Es ist ein großes und starkes Gefühl. Eine finstere Verwegenheit, die mich so ausfüllt, dass für Angst oder Zweifel kein Platz mehr bleibt. *Die MacFarlanes waren stets verwegene Kämpfer und haben an den Schlachten von Pinkie und Langside teilgenommen*, sage ich mir. *Und ich bin einer von ihnen.*

Entschlossen schleiche ich voran, biege um zwei Ecken und erblicke zu meiner Überraschung einen verwilderten kleinen Garten. Jedenfalls glaube ich, dass hier, auf der Rückseite der Baracke, früher mal Blumen geblüht haben. Zwischen dem verdorrten Gestrüpp ragen kleine, selbst zusammengenagelte

Holzkreuze aus der Erde. Ich will gar nicht wissen, was das zu bedeuten hat, und damit können wir uns jetzt auch nicht aufhalten, denke ich.

Ein helles Licht fällt warm auf meine Stirn. Ich hebe unwillkürlich den Kopf und blinzele in den Himmel. Goldene Sonnenstrahlen brechen durch die kahlen Zweige eines Baumes und streicheln mein Gesicht. Ich schließe kurz die Augen und spüre ein angenehmes Kitzeln in meiner Nase.

In meiner Nase?

Oh nein, bitte nicht! Alles, nur das nicht!

Ich kneife mir fest in die Oberlippe, um den Niesreiz zu unterdrücken, aber das bringt rein gar nichts. Das Kitzeln breitet sich in rasender Geschwindigkeit im ganzen Kopf aus, was nur eins bedeuten kann: dass eine gewaltige Explosion bevorsteht.

Ich halte mir verzweifelt die Nase zu. Meine Schultermuskeln verkrampfen sich. »Ha…, Ha…, Ha…«

Finn packt mich an den Schultern. »Henry, nicht!«, fleht er leise.

Mein Kopf schnellt nach unten.

»TSCHI!« Gefolgt von einem zweiten, noch lauteren Schnauben.

Ich stehe wie angewurzelt da, während Zoe und Finn mich schockiert anstarren. Schuldbewusst schicke ich ein Stoßgebet zum Himmel, dass sich die Erde auftun möge oder dass Otto schwerhörig ist, doch im Inneren der Baracke sind schon trampelnde Schritte zu hören. Die niedrige Tür an der Rückwand wird aufgestoßen. Die Gestalt, die aus der Öffnung tritt, kommt mir riesengroß vor. Als Otto uns sieht, öffnet er wie in Zeitlupe den Mund. Seine kleinen Pupillen nehmen Finn ins Visier, wandern weiter zu Zoe und schließlich zu mir. Ich versuche, seinem Blick standzuhalten, aber es gelingt mir nicht. All meine Energie und mein schottischer Heldenmut entweichen aus mir wie aus einem kaputten Luftballon. Als hätte mir jemand ein kleines Loch ins Knie oder in die Ferse gebohrt, und durch dieses Loch – *pffff!* – strömt alles aus mir heraus, was mich bisher zusammengehalten hat.

Otto sagt kein Wort, sondern winkt uns mit einer mürrischen Geste zu sich herein. Wir gehorchen mit hängenden Köpfen.

DAS TIERCHEN

Wenn man so richtig in der Tinte sitzt wie wir, sollte man immer mit dem Schlimmsten rechnen, finde ich. Dann kommt nicht zu allem Überfluss noch was ganz Grässliches dazu, womit man nicht gerechnet hat. Dann hat man den ganzen Schlamassel sozusagen schneller hinter sich. Aber wenn ich anfange, darüber nachzudenken, was denn das Schlimmste wäre, dreht sich mir sofort der Magen um.

Wir stolpern in einen großen muffigen Raum, in dem seit mindestens zehn Jahren nicht mehr gelüftet wurde. Meine Augen brauchen ein paar Sekunden, um sich an das schummrige Licht zu gewöhnen. Aber was ich dann sehe, damit habe ich ganz bestimmt nicht gerechnet. An den Wänden stehen mehrere Käfige, deren Böden mit Stroh bedeckt sind. In einem erkenne ich ein winziges schwarzes Kätzchen, das sich auf dem Stroh zusammengerollt hat. In einem anderen ein gestreiftes Eichhörnchen, im nächsten einen kleinen Vogel. Irgendwie komme ich mir vor wie im falschen Film, und dieser spielt anscheinend in einer Zoohandlung.

»Euer Tierchen ist krank, sehr krank«, grummelt Otto plötzlich. »Habt nicht gut aufgepasst auf euer Tierchen.«

»Aber wo *ist* Norbert?«, ruft Zoe aufgeregt.

»Norbert?« Otto scheint nicht zu verstehen, was sie meint.

»Na, unser … Tierchen«, antwortet Finn.

Otto stapft um den großen gusseisernen Ofen herum, der mitten im Zimmer steht, und zeigt mit einem Finger nach unten. »Hier!«

In null Komma nix sind wir bei ihm und fallen auf die Knie.

»Norbert! Da bist du ja! Wie geht's dir denn? Mach doch mal die Augen auf! Wir sind's, Henry, Zoe und Finn.«

Doch Norbert liegt reglos auf der Seite und macht keinen Mucks.

»Ist er … tot?«, fragt Zoe mit zitternder Stimme.

»Nicht ganz«, antwortet Otto und hält prüfend seine Hand vor Norberts Rüssel. »Hättet besser füttern müssen. Otto macht Tierchen wieder gesund, so wie die anderen.« Er zeigt in den Raum hinein.

»Das heißt, Sie … Sie haben lauter kranke Tiere hier, die Sie wieder gesund pflegen?«, fragt Finn völlig entgeistert.

»Nicht *Sie*. Einfach Otto sagen«, entgegnet er mit schiefem Lächeln und zeigt uns seine braunen Zahnstummel. »Du. Otto.«

»Du nimmst kranke Tiere bei dir auf und machst sie gesund?«, wiederholt Finn ungläubig.

Der große Kugelkopf nickt stolz. »Otto guter Doktor.«

»Aber wir haben das Mammut gut gefüttert«, verteidige ich uns. »Wir haben nur bisher nicht gewusst, was es wirklich braucht. Aber jetzt, jetzt wissen wir es.« Ich schnüre eilig den Rucksack auf.

»Nix Mammut. Gibt keine Mammuts. Wo habt ihr das Tierchen her?«, fragt er skeptisch.

»Das haben wir im Wald gefunden«, antwortet Finn wahrheitsgetreu.

»Im Wald gefunden, im Wald gefunden«, murmelt

Otto vor sich hin, als müsse er über diese Antwort gut nachdenken. Er geht zu einem Hauklotz, nimmt ein kleines Stück Holz und spaltet es mit dem Beil – *Klack!* – in zwei Teile. Dann öffnet er die quietschende Ofenklappe, wirft sie ins Feuer und schließt die Klappe wieder. »Ihr seid lustig.«

Eigentlich wäre jetzt der Zeitpunkt gekommen, um Otto mal gehörig die Meinung zu geigen, weil er Norbert entführt und Finns Fahrrad geklaut hat. Doch obwohl ich inzwischen davon überzeugt bin, dass er nicht bösartig ist, will ich ihn lieber nicht provozieren.

»Guck mal, Otto«, sage ich stattdessen und zeige ihm zwei Zitronen. »Damit können wir das Tierchen hoffentlich wieder gesund machen. Wir haben nämlich gelesen, dass …«

»Zitronen nix gut, zu sauer«, schneidet er mir das Wort ab. »Ich zeig euch, wie man Tierchen richtig füttert.«

Er nimmt eine Blechschüssel vom Tisch und kniet sich vor Norbert hin. In der Schüssel ist ein heller Brei, in dem ein großer Löffel steckt. Ich tippe auf Haferflocken, die Otto in ein bisschen Wasser oder Milch eingeweicht hat. Er macht den Löffel halb voll und hält ihn Norbert vors Maul, aber der reagiert nicht darauf.

Dann steckt Otto seinen Zeigefinger in die Pampe und schmiert sie Norbert direkt auf die Lippen. Eine kleine rosa Zunge schleckt träge daran. Norbert gibt ein leises Schmatzen von sich, ehe er wieder verstummt.

»Tierchen keine Kraft, immer nur schlafen«, sagt Otto betrübt.

Ich schraube einen Marmeladendeckel ab. »Hast du noch einen Löffel?«, frage ich ihn.

Otto denkt kurz nach, leckt den Haferbreilöffel ab und gibt ihn mir. Okay, denke ich angeekelt, ich muss ja nicht damit essen und Norbert hat's zum Glück nicht mitgekriegt.

»Das ist Zitronenmarmelade, seine Lieblingsspeise«, erkläre ich. »Ist auch wirklich gar nicht sauer.«

Mit einer blitzschnellen Bewegung taucht Otto seinen Zeigefinger in die Marmelade, zieht ihn wieder raus und lutscht daran. Wiegt seinen Kugelkopf nachdenklich hin und her.

»Bringt nix, aber mach«, brummt er schließlich leise.

Puh, Gott sei Dank. Ich nehme ein bisschen Marmelade auf den Löffel und halte ihn erst mal vor Norberts Rüssel, damit er den Geruch wahrnimmt. Zoe und Finn kraulen ihm währenddessen den Bauch

dert an. Vielleicht überlegt er, ob er bei diesem seltsamen Spiel mitmachen soll, hält sich aber zurück. Ist vielleicht auch besser so.

Nachdem wir ausgiebig gekuschelt haben, entdeckt Otto seine Gastgeberqualitäten und streckt uns eine angebrochene Packung Kekse entgegen. »Leute alles wegwerfen«, sagt er mit verächtlicher Stimme, »aber gut für Tiere und für Otto.«

Ich will schon zugreifen, als ich sehe, dass der undefinierbare Keks von einer grünen Schimmelschicht überzogen ist.

»Oh, vielen Dank, aber ich bin noch satt vom Frühstück«, entgegne ich und streiche mir vielsagend über meinen Bauch. Notlügen sind keine Lügen, oder?

»Die Wiedersehensfreude schlägt mir auf den Magen.« Zoe hebt entschuldigend die Arme.

Es entsteht ein kurzer Moment der Stille.

»Tja, dann ... wollen wir mal«, ergreift Finn das Wort und reibt sich die Hände. »Ich würde dann wieder mein Fahrrad nehmen. Natürlich nur, wenn du nichts dagegen hast, Otto.«

»Wollte euch Fahrrad wiedergeben ... noch nicht dazu gekommen«, brummt er. Die Sache scheint ihm peinlich zu sein.

»Ach, das macht doch nichts«, wiegelt Finn ab und macht eine großzügige Handbewegung. »Schwamm drüber!«

Im Gänsemarsch stiefeln wir nach draußen, diesmal durch die Vordertür. Finn schlägt den Plastikschutz des Anhängers schwungvoll zur Seite, und Norbert hüpft sofort hinein, als wäre er sein zweites Zuhause.

Ein bisschen unbeholfen stehen wir uns gegenüber. Wissen nicht, ob wir uns bedanken, Otto viel Glück wünschen oder ihm versprechen sollen, mal wieder zu Besuch zu kommen. Eigentlich würde ich ihn lieber besuchen als Frau Kirschstein. Jedenfalls quasselt er einem nicht die Ohren voll, und dass Frau Kirschsteins Kekse so viel frischer sind, ist keinesfalls sicher.

Er fährt seine große Pranke aus. »Ich Otto … und ihr?«

»Zoe«, antwortet Zoe. Im nächsten Moment verschwindet ihre Hand in seiner.

»Zoo?«, fragt Otto mit einem Grinsen.

Sie nickt und grinst auch.

»Finn«, sagt Finn.

»Schöner Mantel«, sagt Otto.

»Danke.«

Als Letzter bin ich an der Reihe.

»Henry.« Trotz der vielen Hornhaut und Schwielen fühlt sich seine Hand erstaunlich weich an.

»Komische Namen«, murmelt er kopfschüttelnd.

Ich zucke lächelnd die Schultern.

»Ihr auch gute Doktors!«, sagt Otto und schenkt uns zum Abschied sein schiefstes Lächeln.

DAS VERSPRECHEN

Der Heimweg ist ein einziges Lachen, Juchzen, Schnattern und Blödeln. Finn und ich schieben sein Fahrrad, während Zoe aufgekratzt um uns herumsaust wie eine Mongolische Rennmaus. Immer wieder knuddelt sie Norberts Ohren, knutscht seinen Rüssel und macht dabei Geräusche wie ein Pupskissen. Unser Wonneproppen schaukelt fröhlich in seinem Anhänger. Seine rötlich braunen Zotteln glänzen in der Sonne, und seine leuchtenden Kulleraugen gucken so aufmerksam und neugierig in die Welt, als sähen sie diese zum ersten Mal.

»Ihr auch gute Doktors«, ahmt Zoe Ottos rostige Stimme nach, und wir prusten los.

»Wie wär's mit einem Keks, Dr. Henry?«, fragt Finn glucksend.

»Oh, vielen Dank, Dr. Finn, aber ich bin noch satt vom Frühstück.«

Im nächsten Moment spüre ich einen Anflug von schlechtem Gewissen, weil wir den herzensguten Otto so durch den Kakao ziehen. Und in dieses schlechte Gewissen mischt sich nach und nach eine brodelnde Wut, weil die Leute sich über ihn das Maul zerreißen, ohne ihn zu kennen. Henry Kleinschmidt eingeschlossen.

Wir hatten ja alle keine Ahnung. Haben uns eingebildet, dass er kleine Piepmätze und Eichhörnchen abmurkst, um sie sich zu Hause in die Pfanne zu hauen und dann schön lecker mit viel Ketchup zu verspeisen. Pfui Teufel, was für eine ekelhafte Fantasie. Dabei nimmt er kranke Tiere zu sich nach Hause, um sie aufzupäppeln. So wie er auch Norbert nur entführt hat, um ihm das Leben zu retten. Er dachte halt, wir kriegen das mit dem Füttern nicht hin. Kann man ja auch verstehen, so wie unser Mammut in den Seilen hing.

Weil Otto im Müll stochert, halten ihn die Leute für den letzten Penner. Aber dass er bloß nach was zu essen für sich und seine tierischen Patienten sucht, darauf kommt natürlich keiner. Ich gebe mir selbst ein Versprechen: In Zukunft keine Schimmelkekswitze mehr! Sind auch eigentlich gar nicht komisch.

»Was erzählen wir jetzt deiner Oma?«, will Finn wissen, während Zoe den Plastikschutz wieder vor Norberts Gesicht zieht.

»Alles«, antworte ich nach kurzem Nachdenken und bin mir dabei hundertprozentig sicher. »Wir müssen ihr alles erzählen. Kein Versteckspiel mehr! Morgen kommen meine Eltern aus dem Urlaub zurück.«

Und was dann passiert, denke ich mit einem kalten Gefühl im Bauch, *das weiß der Himmel.*

* * *

Meine Granny bringt so schnell nichts aus der Fassung, doch als wir mit Norbert auf der Matte stehen, klappt selbst ihr die Kinnlade runter, wenn auch nur ein bisschen.

»Bei allen schottischen Berggeistern …« Ihre Augen hinter der Brille werden so groß wie Tischtennisbälle. Dann lässt sie uns herein und schließt rasch die Tür hinter sich.

»Ich, also *wir* … müssen dir was erzählen«, beginne ich zaghaft.

»Wartet noch«, entgegnet sie rasch und tut etwas, das mich total überrascht. Sie sinkt vor Norbert auf die Knie, nimmt seinen Kopf in beide Hände und schaut ihn durchdringend an. Ein funkelnder grüner Blick trifft auf gemütliche braune Augen. Ganz langsam hebt sich Norberts Rüssel und fährt behutsam über ihr Gesicht. Meine Granny schließt die Augen. Der Rüssel streicht ihr über Kinn und Wangen, wandert hoch zur Stirn, wo er sich kurz festsaugt, und schwenkt über ihre Haare hinweg.

Irgendwie kommt mir diese Szene sehr bekannt vor.

»Das kitzelt«, brummt sie, als die Rüsselspitze des Mammuts kurz in ihrem Ohr verschwindet.

Dann schlappt der Rüssel zur Seite, worauf Norbert ein leises »Jau« von sich gibt.

»Ein wundervolles Wesen«, flüstert sie und lässt sich von uns auf die Beine helfen. »Ein ganz wundervolles Wesen. Jetzt könnt ihr mir alles erzählen.«

Da wir nicht wissen, wo wir anfangen sollen, beginne ich einfach ganz von vorn, also bei unserer Hundediskussion von letztem Samstag und bei meinem Fahrradunfall. Finn erzählt ausführlich, wie das mit dem Blätterhaufen im Wald war, und noch ausführlicher, wie mir Frau Kirschstein mit ihrem Blümchentuch im Gesicht rumgetatscht hat. Mann, der kann sich aber auch manchmal verzetteln. Glücklicherweise macht Zoe anschließend ein bisschen Tempo und ist nach wenigen Sätzen bei Norberts Entführung im Zoo angelangt.

Meine Granny hört uns die ganze Zeit aufmerksam zu, ohne einen einzigen Kommentar abzugeben.

Bleibt mir also nur noch, Ottos Baracke zu schildern samt der sensationellen Entdeckung, dass er Tiere nicht aufisst, sondern gesund macht. »Tja, und jetzt sind wir hier«, schließe ich unseren Bericht ab.

Meine Granny denkt lange nach. »Was für eine Abenteuergeschichte«, sagt sie schließlich. »Genug, um einen ganzen Roman zu füllen.« Sie wiegt nachdenklich ihren Kopf. »Dazu gäbe es sehr viel zu sagen, aber im Moment sollt ihr einfach nur wissen, dass ich wahnsinnig stolz auf euch bin.«

»Danke«, sagt Zoe verlegen und verknotet ihre Finger.

»Es ist mir ein Vergnügen, mein Mädchen.«

»Aber Mama und Papa ... wenn sie morgen nach Hause kommen und Norbert sehen, dann ...« Ich breche den Satz ab, weil ich fürchte, dass mein Vater gleich wieder mit seiner beknackten Goldfischgeschichte um die Ecke kommt.

»Dann werden wir sie gemeinsam davon überzeugen, dass Norbert das intelligenteste und liebenswerteste Haustier ist, das man sich nur vorstellen kann«, ergänzt meine Oma.

»Und wenn sie trotzdem dagegen sind?« Ich weiß doch, wie das läuft. Dann kommt ein Argument nach dem anderen, bis man sich schließlich ganz dumm und klein vorkommt.

»Nur Mut, Henry MacFarlane!«, erwidert meine Granny mit stolzer Stimme und hält mich an den Schultern fest. »Wir schottischen Kämpfer haben noch immer unseren Willen durchgesetzt. Und wenn dir das nicht ausreicht«, fährt sie eindringlich fort, »dann verspreche ich dir hoch und heilig, dass Norbert bei dir bleiben darf! Lass mich nur machen!«

»Junge, Junge«, murmelt Finn in sich hinein.

In diesem Moment weiß ich, dass die Sache entschieden ist. Niemand widerspricht der Queen von England, nicht mal mein Vater. Und einer schottischen Kämpferin schon gar nicht.

Nur Zoe scheint noch was auf dem Herzen zu haben. »Aber diese ganze Geschichte, ich meine, dass wir Norbert im Wald gefunden haben, wo er doch ein Kreta-Zwergmammut ist und vielleicht sogar magische Fähigkeiten hat … ist das nicht irgendwie … ein Wunder?«

Meine Granny schaut sie mit mildem Lächeln an. »An Wunder glauben doch nur Menschen, die verlernt haben zu staunen. Ich habe in meinem Leben jedenfalls schon viele erstaunliche Dinge erlebt. Erst letzte Woche bin ich in einer großen Blechkiste durch die Luft geflogen, um hierherzukommen. Ist das nicht höchst erstaunlich?«

»Na ja, aber das war ja auch im Flugzeug«, bemerkt Finn.

»Und stellt euch vor, in der Tiefsee, viele Kilometer unter der Meeresoberfläche, da leben Kreaturen, die kein Menschenauge je erblickt hat. Was wissen wir schon, was sich da unten für Lebewesen befinden.«

»Vielleicht ein Tiefseemammut«, schlägt Zoe vor.

»Vielleicht auch ein Tiefseemammut«, bestätigt meine Granny und lacht ihr gurgelndes Lachen. »Wer kann das schon ausschließen.«

Hinter uns erklingt ein vertrautes Geräusch, eine eigenartige Mischung aus Knurren und Grunzen.

Wir alle drehen uns um. »Willst du auch noch was sagen?«, frage ich mein neues Haustier aus Spaß.

»JAU!«, antwortet Norbert, und das ist doch nun wirklich ein Wunder.